JN103111

星のことづて 第二集

御伽草子の再話集

畠山 美恵子

溪水社

はしがき

二〇二〇年発刊の「星のことづて　御伽草子の再話集」に続き、この度、その続編として、第二集を刊行いたします。四百編とも五百編とも言われる御伽草子の面白さを、さらにお伝えしたいと思うからです。

御伽草子を読むと、私たちの考え方や生き方と違う点に気づくことが多くあります。その一つが、子どもに対する考え方です。子のない親は、神仏に祈り、何としても子を授かりたいと願います。それは、生きている間の孝行を期待するためでもありますが、むしろ自分の死後、手厚く弔ってもらう孝養（きょうよう）を受けたいと望んだからでした。亡くなった後、極楽浄土に迎えられることこそ、人として最高の幸せである、という考えによるものでした。子どもの方も、自分のことより親の幸せを第一に考え、その健気さが物語の主題となっている作品も多いと思います。

もう一つは、人びとがいかに仏教の規範に従って生活していたか、という点です。中世には仏教が栄え、深く浸透したその教えが、判断の基準にされました。その一方で、仏教の担い手である僧侶を客観的に眺め、その姿を冷静に描いた作品もあり、興味深いところです。

御伽草子は、「源氏物語」に代表される王朝文学に比べ、心理描写に乏しい、超現実性が著しい、などの理由で、かつては文学的に低い評価を受けていました。しかし、近年は、民衆に愛好された価値が認められ、研究対象とされることも多くなりました。その成果に裏付けられた書物が次々に出版され、広く読まれています。

さらに、御伽草子への興味を深めたい場合には、インターネットによって、文献や資料の検索が容易にできます。私が再話に着手した二十年前には、考えも及ばないことでした。限られた研究者にしか知られていない論文も、データベース化され、誰でも読むことが可能になりました。大学や図書館が、所蔵している御伽草子の絵巻や絵本などを、ネット上で公開される場合もあります。私も、疑問点を解明し、理解を深めるために利用し、恩恵を受けています。

この第二集では、参考文献やインターネットなどで調べたことの一部を、【再話者のメモ】として、各物語本文の後に記しました。また、一部の作品には、御伽草子の魅力が口調でも実感されるよう、底本の原文を物語中に挿入しています。

この本は、逐語訳を行ったものではなく、まして研究書でもありません。御伽草子の内容は、史実と異なるものもありますが、そのままの形で再話をしています。読み物として、御伽草子を楽しんでいただければと願っています。

目次

星のことづて　第二集

御伽草子の再話集

青葉の笛

「青葉の笛」と聞くと、文部省唱歌を思い浮かべます。それは、神戸市の須磨寺に納められている、平敦盛所持と伝えられる笛が歌われたものです。

この物語は、在原業平が、普賢菩薩により永遠の命を与えられ仙人となった稚児から、名笛「青葉の笛」を譲られるお話です。

底本として、「室町時代物語大成　第一」三四頁から四八頁所収の「青葉の笛」（室町時代末期の写本）を用いました。

【一】

仁明天皇の御代（八三三年〜八五〇年）、京にある朱雀門のあたりから、夜な夜な笛の音が聞こえてきました。それは、この世のものではない、と思わせる妙なる調べでした。

帝は在原業平中将を召し、笛の主を連れてくるように命じられました。

中将は懸命に見つけようとしますが、なかなか見つかりません。しかし帝は、どのようにしても探し出すように、と重ねて命じられました。

ある夜更けのことです。中将が神泉苑の近くで見張っていると、いつもの笛の音がかすかに聞こえてきました。

頃は長月十日あまり、折しも月は隈なく冴えわたっています。笛の音が聞こえる方向に近づいて行きますが、人の姿は見えません。これは魔物の仕業に違いない、と思うと身の毛もよだつようです。中将は引き返したくなりましたが、帝から命を受けていることを思い、なんとか勇気を振り絞り、持っている自分の笛を吹き始めました。

相手の笛に合わせて吹きながら、朱雀大路を下っていくうちに、夜はほのぼのと明けてしまいました。笛の音も消え、吹く人の姿も見つけられないままでした。

また、ある夜は、大極殿の方角から笛の音が響き渡り、聞く人は心が揺さぶられ、感動の涙を止めることができませんでした。

中将は、幼いころから法華経を大切にし、毎日一部ずつ読誦していました。(笛の主を何としても見つけさせ給え) と、強い祈りを込めて法華経を唱えた日のことです。その夜は、笛の音に導かれて西の京を下りました。するとついに、東寺の門のあたりで追いつくことができたのです。

見ればそれは美しい稚児でした。顔立ちは、この世の人とは思えないほど気品に満ち、長い髪が、まるで柳の枝が風になびくように揺れています。唐装束の上に紅葉襲(もみじがさね)の衣を打ち掛け、浅沓をはいた足をゆっくりと進ませて、道を下っていきます。中将も後に続き、しばらく行くと、稚児は、水無瀬川の東岸にある、大きな古寺の中に入って行きました。

寺は久しく人が住んでいない様子でさびれていますが、庭には花が咲き乱れています。中将が門の前に立ち稚児の姿に見とれていると、稚児が微笑みながら声を掛けました。

「都からここまで、帝の命令に従い、追ってきたことを知っています。私は人間ではありません。飛行自在、また何事も思いどおりにできる身ですから、あなたの望みも叶えてあげることができます」

「あなたの吹かれる笛の音があまりに美しいので、帝がお尋ねになっているのです。私も笛を愛していますが、このようにありがたい音色は、今まで聞いたことがありません」

「私は摂津の国、箕面の山寺に住む者です。明日は住まいにご案内しましょう。そろそろ夜明けが近づきます。二人で一曲合わせて吹きましょう」

二人は翌日の再会を固く約束して別れました。


【三】


帝に昨夜の出来事を申し上げた中将は、日暮を待ち望みました。いつもより念入りに身づくろいをすると、舎人一人だけを供にして、馬で昨夜の寺に急ぎました。

稚児はすでに待っていました。今夜、稚児は白馬に乗り、紺瑠璃色の唐装束を着ています。赤い糸で髷を結い、黄金のうちわを持っている姿は、まさに天上の人そのものです。

箕面に着くと馬を下り、滝からさらに上に進み、険しい岩の間の細道を登りました。道なき道を登り詰めたところに、一つの古い寺が現れました。苔むした門扉を開けると、外から見たのと全く違い、四季の草木の花が見事に咲きそろっています。

屋内に入るとそこも、外観からは想像もできない荘厳さでした。床には五色の宝石が敷き詰められ、柱は金銀でできています。すだれの陰には瑠璃の琴、瑪瑙の琵琶が立て掛けてあります。金色に輝く五段の棚には、ぎっしりと仏典が並べられていました。

ほどなく、飲み物や食べ物を持った童子が大勢現れ、二人に勧めました。中将はそれまで、帝の御所を世に比類ないところだと思っていましたが、この様子にはただ驚くばかりです。

「ここがどこかと怪しんでおられるでしょう。私も以前は都に住む者でした。五歳で父に、六歳で母に死別し、涙に沈んでおりました。親の菩提を弔うため、十一歳の時から毎日三部ずつ法華経を唱え続けました。十四歳になった春の日のことです。ことさら父母のことが想われ、冥土で苦しまれませんようにと、法華経を高らかに読みあげておりました。すると、鳩杖にすがり、水晶の数珠をかけた八十歳くらいの老僧が現れ、自分についてくるようおっしゃいました。それは普賢菩薩の化身でした。私はこの寺に住む仙人として、永遠の命を与えられることになったのです。それはすべて、熱心に法華経を読誦したおかげにほかなりません。この度、あなたをここまでお連れしたのも、あなたが日頃から法華経を一日に一部ずつ読誦していることを知っているからです。法華経を大切にする者を護ることこそ、普賢菩薩の願いなのです。あなたにこれをさしあげましょう」

稚児は水晶の棚から黄金の箱をおろし、中から一管の笛を取り出しました。

「これは私が大極殿で吹いた笛です。幾世も経て虫くいのある竹の、青葉が二つ付いたものを用いているので、『青葉の笛』と言います。観音様のお住まいである補陀落山(ふだらくせん)で、明王が削って笛に仕立て、観音様が大切になさった宝でしたが、羅刹女(らせつにょ)によりこの世に届けられたものです。これから二人で合奏しましょう。私は琵琶を弾きます」

二人が奏でる曲は、寺の中から山々に、それから天界にまで響き渡りました。すると天上から天人が降り、池の中の小島で舞い遊びました。この管弦の遊びは夜更けまで続きました。

「お名残り惜しいのですが、そろそろ夜が明けます。お帰りなさい。箕面までお送りいたしましょう」

稚児は中将を導き、山を下ると、昨夜馬を留めた所で
「あなたは幼いときから法華経を信仰するだけでなく、帝に忠誠をつくし、親孝行もなさっているので、末代まで名を残されるでしょう」と言い、戻っていきました。

中将は都に帰ると、帝にこのことを詳しく申し上げ、笛を差し上げました。

後日、帝は再び箕面を訪ねるように命じられましたが、あの寺を見つけることはできませんでした。

中将の生涯は、稚児が予言したとおりに、地上での栄誉を得たものになりました。

また、死後は天上に迎えられたと思われ、業平中将のようになりたいものだと、人びとからうらやまれたそうです。


（終わり）

【再話者のメモ】

一　在原業平（八二五年～八八〇年）は、平安時代前期の歌人。平城天皇の皇子・阿保親王の五男。「伊勢物語」の主人公とされています。

二　「青葉の笛」と呼ばれる笛に因む話は、いくつもあります。

（一）「神道集」の説話では、鬼婆国から日本に来た鬼王・官那羅（かんなら）が持っていた笛を、在原業平が自分の笛と取り換え、帝に献上しました。（諏訪大明神の五月会の事）

（二）「十訓抄」の説話では、源博雅（平安時代中期の音楽家）が朱雀門の鬼と笛を取り換え、博雅の死後、帝がお召しになりました。

（三）「平家物語」の挿話では、平忠盛は笛の名手だったので、鳥羽院から笛を賜わったとされ、忠盛から経盛、さらにその子の敦盛へと受け継がれました。敦盛が亡くなるときに持っていたとされる笛は、「平家物語」巻第九では「小枝（さえだ）」となっていますが、後に「青葉の笛」とも呼ばれるようになり、神戸市の須磨寺に納められています。

唐糸草子

御伽草子には、源平時代の伝説に取材した作品が多くあります。その中で、この物語は木曽義仲に関係するものの一つです。よく知られているお話で、子供のころに、聞いたり読んだりしたことを思い出す方もあるのではないでしょうか。

この作品は、親孝行な主人公が母を救い出し、一族に幸せをもたらす内容ですので、温かい読後感があります。

底本として、「室町時代物語大成　第三」四九七頁から五一四頁所収の「唐糸草子」（慶長末年か元和初年頃の古活字十行本）を用いました。

〔一〕

寿永二年（一一八三年）の秋のことです。

源頼朝は、関東一円の武士たちを鎌倉に集めて、こう命じました。

「いかに方々聞き給え。そもそも平家はこの頼朝の威勢に恐れて都を落ちた。しかるに木曽義仲、新宮十郎蔵人行家らが、関白になろうか、主上、法皇になろうかなどと、我が物顔に振舞っておる。平家を退治する前に、義仲を討つべきである。皆の者、国へ戻って支度をせよ」

そのころ鎌倉の御所に、唐糸の前という女房が仕えていました。木曽義仲の家来で、信濃の国の住人、手塚太郎光盛の娘でした。琵琶の名手だったので、十八歳のときに望まれて鎌倉に召され、管絃の席を任されていました。

唐糸は、頼朝が義仲追討を命じたことを知り、驚きました。

（なんと情けないこと。木曽殿の滅亡は親一門の滅亡。このことを、一刻も早くお知らせしなくては）

唐糸はひそかに文を書き、父のもとに届けさせました。

手塚に届いた文を読む義仲の表情は険しくなりましたが、文にはこうも書かれていました。

『この文をお届けした褒美として、父に越後、信濃をお与えください。機を見て頼朝を暗殺いたしますから、御家宝の脇差（懐剣）を、私にお預けくださいー』

義仲は唐糸の忠義をたいそう喜び、手塚に越後、信濃を与える上に、頼朝暗殺が成功すれば、さらに関東八か国も与えて副将軍にする、と約した返事を書きました。

唐糸は、義仲から届けられた脇差を肌身離さず、頼朝暗殺の機会を狙うのでした。

ある日のこと、唐糸は御台所の入浴のお供を命じられました。脇差は、たたんだ小袖の下に用心深く隠していましたが、風呂当番に当たっていた土屋三郎に見つけられてしまいました。届けられた脇差が、木曽の家に代々伝わるものと認めた頼朝は、唐糸の身柄をひとまず、松が岡の尼寺に預けるよう命じました。

その後、唐糸の部屋から義仲の書状が見つかり、唐糸は頼朝の前に引き出されることになりました。

しかし、松が岡の尼君は唐糸をかばい、使者の土屋に言いました。

「頼朝様は日本の主になるべきお方じゃが、礼儀、法度をご存じなければそれは難しい。御仏は悪人を助けるために浄土をお建てになった。この世においても、出家は悪人を助けるために寺を建てたのじゃ。たとえ主に向かって弓を引き、親に向かって太刀を抜く者でも、死罪とすることは許されぬ。ひとたび唐糸をこの尼に預けられたのに、返せとはいかなることか。そなたの一存か。出家であり女であるこの身に恥をかかせるつもりか、舌を噛むぞ」

尼君の権幕に閉口した土屋から報告を受け、頼朝はしばらく様子を見ることにしました。

尼君は唐糸を故郷の信濃に逃がそうとしました。ところが、運の悪いことに、街道で梶原景時の一行に行き合わせてしまったのです。

梶原の手で鎌倉に送り返された唐糸は、御所の裏にある石の牢に閉じ込められてしまいました。

〔二〕

信濃の国には、尼になっている唐糸の老母と、聡明な娘がいました。唐糸は十八歳から鎌倉に上っていましたので、娘の万寿姫は祖母の手で育てられ、今年は十二歳になります。

唐糸が捕らえられ、牢に入ったことを知らされると、二人は手を取り合って泣き崩れました。

しかし、万寿はその夜更け、乳母の更科を呼んで言いました。

「母上の安否を確かめたいのです。お願いです、私を鎌倉に連れて行ってください」

「どうしてそんなことができましょう」

「唐糸を探す、と言えば怪しまれます。鎌倉殿の御殿、あるいは秩父殿か和田殿の御殿に奉公を願い、三年か五年も勤めれば、そのうちに消息を耳にすることができると思います」

「それほどまでお考えならお供いたしましょう。姫様が母上を想っておられるように、私もご主人様のご恩を忘れてはおりませんから」

二人はすぐに旅の装束に身を固め、忍び出ました。けれども鎌倉への道は知りません。東の方角にあるということだけを頼りに、月の位置を道しるべとして進みましたが、そのうち早くも夜が明けてしまいました。

一方、手塚の里では二人の姿が見えないので、大騒ぎになりました。鎌倉に向かっていると察した祖母は、大急ぎで後を追い、雨宮で追いつきました。

「唐糸はもう死んだものと思っているのに、お前まで私を捨てて、鰐の口に飛び込もうというのか。憎い唐糸の子と分かれば、お前も必ず殺される。思いとどまれ、万寿よ」

「唐糸の子と名乗れば殺されるでしょうが、身元を隠して和田殿か秩父殿の御殿にご奉公し、二年か三年すれば母上のことが分かると思います」

「それほど言うなら、私も一緒に藤沢まで行き、お寺に身を潜めてお前たちのことを見守ることにしよう」

「いいえ、おばあ様。大勢では怪しまれます。どうぞ二人だけで行かせてください」

「本当にお前は親孝行な娘じゃ。更科、姫をよろしく頼みますぞ」

祖母は、従者の五郎丸を鎌倉までの道案内としてつけてくれました。

〔三〕

鎌倉に着くと、まず、鶴岡八幡宮に籠り、母と再会できるように、八幡大菩薩に心を尽くして祈りました。それから、無事に鎌倉に着いたこと、祖母が長生きをすれば再び唐糸と自分に会えること、などを認めた文を託し、五郎丸を国許へ返しました。

万寿は頼朝の御殿に奉公を願い出ました。身元を尋ねられ

「武蔵の国の一別当の身内でございます。お仕えする方こそ親であると存じます」としか言わなかったため、ひとまず御台所に仕える侍従の局に引き取られることになりました。

万寿は局の下で、人の嫌がる仕事も進んで引き受け、かいがいしく働いたため、すぐに皆に気に入られました。

二十日余り過ぎたころです。万寿は泣きながら、更科に弱音を吐きました。

「注意深く噂話を聞いていますが、唐糸という名は全く聞かれません。きっともう亡くなっておられるに違いありません」

「信濃を出られるときには、二年も三年も探すとおっしゃったではございませんか。それなのにたった二十日ばかりでそのように泣かれるのですか。涙を見せれば必ず人に怪しまれ、知られて殺されてしまいますよ。そんな辛い目を見る前に、私は信濃に帰らせていただきます。こ

れからはお一人におなりなさいまし、万寿様」

　更科に諌められた万寿は驚き、更科にすがりつきました。

「これからは決して泣きません。お願いだからここにいて」

　更科は万寿を固く抱きしめました。

　翌朝、万寿が裏庭に出たときです。一人の水仕の女が通りかかりました。

「あら万寿。あの門の中に入るのはご法度だから気を付けてね」

「ご法度とはどういうことでしょうか」

「御所様に仕えていた唐糸の前という女房が、石の牢に入れられているの。男でも女でも門から先に行くことはできないのよ」

　聞いた万寿は、うれしさでいっぱいになりましたが、素知らぬ振りを貫きました。

　その日はちょうど三月二十日、御所の皆は鎌倉山の花見のために出払っていました。八幡様のご利生でしょうか、門の番人もおりません。しかも、扉が細目に開いています。

　用心して、更科を門の脇に見張りとして残し、万寿は中に入っていきました。初めての場所です。あちらこちらを探して行くと、松林の奥に石造りの牢がありました。近寄って格子戸に手を掛けた時、中から声がしました。

「そこにいるのはだれか。私を討ちに来たものか。ならば早く殺せ」

万寿は、格子の間から手を差し伸べました。

「母上、万寿でございます。どうぞこの手をお取りください」

「万寿は信濃におり、今年は十二になる。これは夢なのか」

「風の便りで、母上が牢に入れられたと聞きました。お命に代わるためにここまで参りました」

「まあ。おばあさまはお元気ですか。それに、お前ひとりでここまで来たのですか」

そこで万寿は、更科を連れてきました。

「ああ、更科。万寿は我が子ですからここまで来てくれたのですが、お前は他人です。こんなに落ちぶれてしまった主人を訪ねてくれる者など、お前のほかにありません。こうして対面することができ、この世でもう思い残すことはありません。見つかると殺されます。どうか万寿を連れて信濃に帰っておくれ」

万寿は、母の目をしっかりと見て言いました。

「母上のお命に代わる決心で参ったのです。帰りなどいたしません」

「それなら、ここへ度々来るのではありませんよ。人に知られてしまったら、私より先に死罪になってしまいます。辛抱して忍びなさい」

その後、万寿と更科はかわるがわる市に行き、小袖を売っては食べ物に換え、九か月の間、唐糸に届け続けたのでした。

〔四〕

　翌年正月二日のことです。頼朝がいつも祈念する御仏を祀った座敷の畳の縁から、小松が六本生えるという、不思議なことが起こりました。すぐに占いの博士が呼ばれ、その意味が問われました。

「これはまことに、おめでたいことでございます。松は千年の寿命を保つもの、それが六本も生えるのは、君のお命が六千歳にも及び、お栄えになるしるしでございます。鶴岡八幡宮の境内に植え付け、十二人の乙女に今様を歌わせれば、神慮にかなうことと存じます」

　喜んだ頼朝は、早速松を植え替え、今様上手の乙女十二人を集めることにしました。

　十一人はすぐに見つかりましたが、あと一人が見つかりません。

　これを耳にした更科が、万寿に勧めました。

「姫様は見目よく、今様もお上手ですから、ぜひお申し出なさいませ」

「この度の今様の催しは格別で、君の栄えられることを祝うものです。私などが出る幕ではありません」

「このような時こそ、母上をお救いする好機ではございませんか。何をためらっておいでなのですか」

更科は一存で、万寿が今様の上手であることを、侍従の局に申し出てしまいました。局から御台所、さらに頼朝にまで伝えられ、御殿に召された万寿は、すっかり気に入られました。御台所は美しい十二単を下されました。

さて、儀式当日の正月十五日になりました。

鶴岡八幡宮に、関東中の武士八百余人が居並んでいます。社殿の左右には頼朝や御台所をはじめ、主だった大名衆の席が設けられ、境内の外には鎌倉中の人々が見物に押し寄せています。

七十五人の楽人が管絃を奏でる中、十二人の乙女が順に今様を歌うのです。

一番目は手越長者の娘、千手の前が「海道下り」を歌いました。二番目に黄瀬川の白拍子、亀鶴が「しぼりはぎ」、三番目に熊野の娘、侍従が「太平楽」、四番目に入間川の牡丹が「硯破」、と進み、五番目の万寿の番になりました。

「五番の籤は万寿なり。御台様より御装束は給はる。年は十二の春なれば、十二単を着しつつ、花の真袖を返し、楽屋の内より出でけるを、物によくよく例ふれば、花木に鶯の羽ぶき出たる風情もこれにはいかで勝るべき。はたと上げて歌ふたり。

『鎌倉は、谷（やつ）七郷と承る。春はまず咲く梅が谷、扇の谷に住む人の、心は涼しかるらん。秋は露置く笹目が谷、いづみふるかや雪の下、万年変わらぬ亀がへの谷、鶴のから声打交はし、由比の浜に立つ波は、いくしま江の島続いたり。江の島の福田（ふくでん）は、福寿海無量の宝珠をいだき参られたり。君が代はさざれ石の巌となりて苔のむすまで。高砂や相生の松、万歳楽に御命を延ぶ。東方朔の九千歳、うつつら王の八万歳、浄名居士の一千歳、西王母の園の桃、三千年に一度花咲き、実のなると申せども、相生の松にしくこと候ふまじ。そもそも君は、千代を重ねて六千歳、栄へさせ給ふべき。かほどめでたき御事に、相生の松が枝、福寿無量の慶びを、君に捧げ申さん』」

（底本の一部を、適宜、漢字を当て、濁点、『　』をつけて引用）

万寿が松の小枝を捧げ持ち、歌いながら頼朝の席に掛かった大幕に近寄ると、頼朝も舞台に上がりました。今様も舞も得意な頼朝が、万寿と息を合わせて舞えば、頼朝の袖と万寿の袖が触れ合いました。すると、風も吹かないのに社殿の扉が開き、御簾や几帳も揺らぎ、いかにも神が喜ばれたかのようでした。

翌日、頼朝は褒美を与えるために、万寿を御所に召しました。親の名を問われた万寿は、思い切って名乗りました。

「私の母は、御所の裏の石牢に囚われている、唐糸でございます。四歳のときに母と別れましたが、去年の春、母が捕らえられたと聞き、身代わりになるために鎌倉まで参りました。この度の今様のご褒美をいただけるのでしたら、母の命と私の命を取り換えてくださいませ」

頼朝は大変驚き、しばらくの間、無言のままでいました。

「唐糸の娘であったか。唐糸のことは、鴉の頭が白くなり、馬の頭に角が生えても、許さぬと思っていた。しかし、昨日のお前の今様は見事であった。唐糸がまだ生きておれば、すぐに召し出し、万寿にとらせよ」

御殿の前庭で、引き出された唐糸と万寿が、泣きながら固く抱き合いました。

頼朝、御台所をはじめ、その様子を見ていた人々も感動して涙ぐみました。

（まだ十二、三にしかならない娘が、これほどの勇気をもって親を助けるなど、信じられないことだ。人の持つ宝の中で子に勝るものはない）

しばらくして、頼朝が言いました。

「孝行な万寿に、引き出物として信濃の国、手塚の里を与える。万寿は鎌倉にとどめておきたいが、唐糸には謀反の志があるから、ともに信濃へ帰国せよ」

御台所から黄金千両をいただいたのをはじめ、諸大名からも真綿や絹などの贈り物が、次々に届けられました。

鎌倉に上るときには、三十二日もかかりましたが、この度下るのには、五日しかかかりませんでした。

手塚の里では、祖母が病の床にありましたが、二人の姿を見ると涙を流して喜び、やがて元気を取り戻しました。

一族の人びとが喜んだのは、言うまでもありません。

これは、親孝行な万寿のために、鶴岡八幡宮の八幡大菩薩が力を添えられたからに違いありません。あれほど人の心を動かす今様を歌い、母を救い出し、数々の贈り物までいただくことができたのですから。

（終わり）

【再話者のメモ】

鶴岡八幡宮は、鎌倉市雪ノ下にある神社。

一〇六三年、源頼義が京都の石清水八幡宮を勧請し、一一八〇年、源頼朝が今の場所に移建。

神仏習合の時代に、八幡神は大菩薩の称号を受けました。

鎌倉幕府は、源氏の守護神として篤く敬いました。

小敦盛

御伽草子には、「平家物語」の内容を取り入れたものが多くあります。

このお話の［一］の部分は、平家の貴公子・敦盛が、悲運の最期を遂げた場面を題材としています。「平家物語」巻第九の「敦盛最期」が基になっています。

［二］以降の、敦盛の遺児を主人公とした物語は、室町時代になって作られたのではないかと言われています。

底本として、「室町時代物語大成　第四」四一七頁から四三一頁所収の「小敦盛絵巻」（室町時代末期の絵巻）を用いました。

【二】

寿永三年（一一八四年）、一の谷の合戦に敗れた平家は、安徳天皇、二位の尼君をはじめ、みな船に乗り、西に向かうことになりました。ところがどうしたことか、平敦盛は船に乗り遅れてしまったのです。

その日、源氏の武者・熊谷直実は黒栗毛の馬に乗り、手柄を挙げるにふさわしい相手はいないかと、探していました。

そこに、一の谷の方角から一騎の武者が現れました。連銭葦毛の馬に、「風」という文字を彫った鞍をつけ、忘れ草の模様を描いた直垂に、紫裾濃のよろいかぶとを着ています。

それは敦盛でした。沖の御座船を目指して海に乗り入れ、馬を泳がせていきます。

熊谷は、海上の武者に大声で呼びかけました。

「水際に漂い給うは、大将軍とお見受けする。敵に後ろを見せ給うのか。これは武蔵の国の住人、熊谷の次郎直実と申す、日本一の強者なり。引き返し給え」

すると敦盛は少しも騒がず、駒の手綱を引き直し、向きを変えて、陸に戻り始めました。

馬の脚が立つほどになると、敦盛は刀を抜き、振りかざして近づいて来ました。熊谷も、大太刀を抜いて向き合います。

両者は刀を交えるうち、互いに馬から落ち、地上での組み合いとなりました。もとより熊谷は大力、若い敦盛は組み伏せられてしまいました。

熊谷は大太刀を傍に捨て置き、相手のかぶとを引き外し、その顔を見ました。

歳は十六、七ほど、薄化粧をして歯を黒く染めています。その優しい顔のどこに刃を当てることができましょう。

「君はいかなる方か。名乗り給え」

「そなたは日本一の強者と申すが、不覚のことを申す。敵に取って押さえられ、名乗ることなどあるものか。そもそも名乗りを上げるのは、分捕り高名して、勲功にあずかり、名を後代に残すためのものじゃ。早く首を打ち、我が名は人に問え」

「仰せはもっとも。実は今朝、我が子の小次郎直家は、一の谷の木戸口で能登殿の手にかかり、討たれました。お見受けすれば歳も我が子と変わらないようで、いかにもおいたわしい。お名乗りください」

「名乗るまいとは思ったが、東武者の中にも情けを知る者があるのか。隠さず申そう。太政大臣清盛の舎弟修理の大夫経盛の三男、無冠の大夫敦盛なり。生年十六歳。戦は今日が初めてである。もし我がゆかりの者に会うことがあれば、この笛と直垂を渡してくれ」

そう言うと、腰に差していた笛を熊谷に差し出しました。

（ああ、弓矢を執る身は情けない。今朝、我が子の小次郎が痛手を負ったのは見ていたが、戦の場であるから、生死を確かめることはできなかった。思えば、身分にかかわらず、親を思い子を慈しむことに変わりはない。沖の船の経盛殿も、この方を今か今かと待っておられるに違いない。我が子が討たれたと聞かれたら、どんなに嘆かれることであろう。歳も我が子小次郎と同じ。身につまされる。よし、落としてさしあげよう）

熊谷は敦盛を引き起こし、そのよろいの砂を払うと、かぶとを被らせました。どちらの方角に退路があるかと見渡すと、上の山には味方の軍勢三十騎ほど、東にも西にも源氏の兵が控えています。逃す道はありません。

（人の手にかけるより自分が首を斬ろう。敦盛殿の後世を弔うために、出家して仏道修行の道に入ろう）

熊谷は、敦盛に最後の念仏を勧め、泣き泣き首を斬りました。

敦盛のよろいの引き合わせ（右脇の継ぎ目）には、巻物が挟まれ、見れば百首の歌が記されていました。

敦盛の首とこの巻物を源氏の大将・源義経に差し出したところ、義経も、これほど教養ある若者を討たざるをえなかったことを深く嘆き、涙を流すのでした。

熊谷は、わが子と歳の違わぬ若い敦盛を討ったことで世の無常が身に沁み、高野山に上って出家し、後に、法然上人の弟子になりました。

〔三〕

敦盛の北の方は、信西入道の孫で、美人として知られていました。結ばれてからまだ日も浅く、出陣する夫を見送る日、その目に涙は尽きませんでした。

敦盛は形見として、守り本尊の十一面観音像と、紫檀の柄の守り刀を残していきました。一の谷で敦盛が熊谷の手にかかり討たれた、と聞いた北の方の嘆く姿は、とても見ていられないものでした。そのとき北の方は懐妊していました。

誕生したのは愛らしい若君でした。どんな岩の陰に隠れてでも育てたい、と望みましたが、平家の血筋と知られたら、とても生かしてはおかれません。

泣きながら若君に白い羽二重の産着を着せ、敦盛の形見の守り刀を添えて、一乗下り松に捨てました。

ちょうどそこへ、法然上人の一行が通りかかりました。熊谷入道を先頭にして御弟子たちが従い、賀茂の明神に参詣に行くところでした。赤子の泣き声に気づいた上人は、輿を停め、近寄って探させました。

「絹に包み、刀を添えて捨ててあるということは、ただの赤子ではあるまい。賀茂明神のご利生かも知れぬ。助けよということじゃ」

　こうして、若君は法然上人に拾われ、乳母を付けて大切に育てられました。

〔三〕

　若君は八歳になりました。熊谷入道、今は蓮生と名を変えていましたが、ある日、若君の髪を撫でながら、こう言って涙ぐみました。

「一の谷の合戦でお討ちした敦盛殿によう似ておいでじゃ。まるであの方の姿を見ているようじゃ」

　若君は、仲間の稚児の中でもひときわ大人び、聡明でした。

　ある日のことです。稚児たちは集まって弓矢で遊んでいました。そのうちに、勝った、負けた、と言い争いになってしまいました。一人の稚児が若君にくってかかりました。

「父母もないみなしごが、我らに向かって偉そうな口を利くな。上人に拾われたからこそ、こうしてここにいられるものを」

　日頃から、両親がいないことを嘆いていた若君です。改めてこのように言われたことが本当に悲しく、上人の前で泣きました。

「私には父君、母君はいらっしゃらないのですか」

「かわいそうじゃが、そなたは捨て子であった。養い育てた我らを父、母と思いなさい」

そう諭されても、若君の嘆きは深く、とうとう食事をとらず、湯水までも飲まなくなってしまいました。

七日も経つと、若君の命が危うくなりました。上人はもちろんのこと、同じ師について学ぶ僧である同宿たちも、大変驚き心配しました。

「この稚児のゆかりなど、耳にしたことはないか」

上人の問いかけに、蓮生が答えました。

「そういえば、毎月の六斎日の御説法のとき、二十歳あまりの優雅な物腰の女房が、人目を忍ぶように訪れ、あの稚児の髪を撫でながら、涙を流すのをたびたび見たことがあります。人が見ているときには、素知らぬ振りをしているのですが」

上人はすぐに説法の会を開き、聴聞の人びとを集めました。集いが半ばになったとき、上人は墨染の袖を顔に当て、涙ながらに語りかけました。

「聴聞のみなさん、心を鎮めてお聞きください。以前、愚僧が賀茂の社に参詣したときのことでございます。一乗下り松で赤子を拾いました。その子は今、八歳になります。この稚児が父母を想い焦がれて嘆き、湯水も飲まなくなり、命まで危なくなっております。もしご聴聞の方々の中に、身の上をご存じの方がおられましたら、お教えください。たとえ平家の血筋であっても、愚僧がお育てし、必ず出家にしますから、六波羅に遠慮はいりません。このまま稚児が亡くなってしまうのは、あまりに不憫でございます」

法然上人の言葉を聞き、みな涙ぐみました。

するといる聴聞の人びとの中から、十二単に袴をつけた美しい女性が何も言わず進み出ました。それは敦盛の北の方でした。寝かされている稚児を膝に抱き寄せ、はらはらと涙を流しました。いつもなら綺麗な顔をしている稚児も、今はすっかり痩せてやつれています。それでもかすかに目を開けて北の方の顔を見ながら、しゃくりあげて泣くのです。この様子に、上人も聴衆も泣かない者はありませんでした。

しばらくして、北の方が語りました。

「私は、信西入道の孫で、弁の内侍と呼ばれた者でございます。敦盛殿十三、私が十四のときに互いに見初め、その後結ばれました。敦盛殿は十六歳で都を落ち、その後で若君が生まれました。平家の血筋は胎児でさえ殺されるというので、致し方なく捨て、どなたかに育てていただこうと考えました。上人が拾ってくださったのを見届け、どれほどありがたかったでしょう。

この八年の間、毎月六斎日の御説法には欠かさずお参りし、若君の姿を陰ながら見守ってまいりました。成長されるにつれ、いよいよ敦盛殿に似てこられるので、昔が思い出され、一層悲しくなっておりました。若君にお会いした日は、身の上を明かしたい気持ちを押し殺し、人目を忍び、涙ながらに山を下りるのでございます」

若君の顔に赤みが戻り、頬の上を嬉し涙が幾筋も流れました。

上人は蓮生を呼びました。かつて蓮生が直垂と笛を前にして、一心に念仏していたことを思い出したからです。その時、蓮生はこのように語っていました。

「一の谷の戦の折、私は平敦盛殿を討ちました。敦盛殿から、身につけていた直垂と笛とを、ゆかりの者に渡すよう頼まれましたが、お身内の方を見つけることが未だできず、こうして大切にお預かりしております」

蓮生はすぐに形見の品を持ってきました。そして北の方に形見の品を差し出し、敦盛の最期の様子を語りました。

北の方は涙ながらに話しました。

「この直垂は、敦盛殿が都を出られるときに、私が調えたものでございます。左の袖には忍草、右の袖には忘れ草、裾に一つがいの鴛鴦を墨絵で描きました。これはまさしくその直垂でございます」

蓮生も涙声で言いました。

「さればこそ、常々この稚児を見るたび、敦盛殿を見ているように感じたわけでございます」

〔四〕

若君は形見を見てから、ますます父君が恋しくなりました。

（できることなら父君の御遺骨を、またはせめて御面影なりとも見させ給え）

神仏に祈る毎日でしたが、ふと思いつきました。

（上人が私を拾い、育ててくださったのは、賀茂明神のお引き合わせだった。賀茂の明神にお願いしよう）

賀茂の社に七日間籠り、毎日一千百三十三度の礼拝をし、五体を地に投げて祈りました。明神も憐れに思われたのでしょう。七日目の夜、若君の枕上に立ち、摂津の国、須磨の浦に行くよう教えてくださいました。

若君は、上人にも母君にも黙って須磨に向かいました。

摂津の国は都の西にある、ということだけを手掛かりに、十日ほどとぼとぼ歩いて行くと、やっとのことで一の谷の近くに着きました。

日も暮れ、雨が降りだし、雷さえ鳴り始め、心細さに押しつぶされそうになりながらも、歩いて行くと、はるか彼方に小さな灯が見えます。たとえそれが化生のものであってもかまわない、と思いながら近づくと、そこに粗末なお堂があります。

近づいてみると、一人の貴公子が、念仏を唱えながら縁側をゆっくり歩き、「縁行道」をしています。その人は薄化粧をし、眉をきれいに描いていました。若君が声をかけました。

「お尋ねいたします」

「この辺りは人も来ぬところ。そなたは誰じゃ」

「私は都の者ですが、父君のお行方を尋ねて、この十日ばかり歩いてまいりました。雨が強く降りだし、日も暮れて、途方に暮れております。どうか一夜の宿をお貸しください」

「父君とはどのようなお方か」

若君はここで考えました。

（今は源氏の世。名乗れば危ういかもしれない。けれどもそれで命を失ったとしても、父君のためならば惜しくはない）

「私の父君は平家の一門、修理の大夫の三男、敦盛という方で、一の谷の合戦で討たれました。せめて御遺骨だけでもお探ししたいと、賀茂の明神にお祈りしたところ、須磨の浦に行くようお告げを受けたのでございます」

貴公子は何も言わず若君の手を取り、縁側に上げると、濡れた若君の袴の裾を払い、中に入れてくれました。

「まだ幼いのによくここまでやって来たものじゃ。さぞ疲れたことであろう。休みなさい」

そう言うと貴公子は、その膝を枕に若君を休ませました。若君がまどろむと、貴公子の声が夢の中で聞こえてきました。

「見たことのない親を、これほどまでに乞い慕うこころざしが切実な故、幻となってやって来た。汝がまだ胎内にあるときに、私はこの播磨の磯で熊谷の手にかかり討たれたのだ。私のことを想うなら、よくよく学問をして賢い人になり、広く衆生（しゅじょう）を済度（さいど）し、それを喜びとせよ」

若君は父君に会えた喜びで、その袂にすがろうとしましたが、そのとたんに、夢は覚めてしまいました。あたりを見回すと、お堂と見えたのは松の影、父君と見えたのは一叢のすすき、膝と思ったのは白く晒された膝の骨。ところどころ苔むした骨が、草むらの中に残されているのでした。

「父君はどこへお帰りになったのですか。どうか私も連れて行ってください。なぜ私一人をこの松の根元に残されるのですか」

応えはありません。

泣きながら御骨を首に掛け、都に戻っていきました。

法然上人の寺では、姿を消した若君を必死に探していたところ、戻ってきたので一同喜びました。

若君は、須磨の浦での出来事を話しました。

「まだ幼い身でありながら、辛い旅をして来たことを憐れみ、父君が幻となって現れてくださったに違いない」

上人も母君も涙を流すのでした。


その後、成長した若君は出家しました。

母君も若君の出家と同時に髪を下ろしました。都の北に柴の庵を結び、花を育て香を焚き、朝夕念仏を唱えて、西海で滅びた平家一門の人びとを弔いました。

（敦盛殿と来世でも一つ蓮の上に迎えられますように）と祈って暮らしたということです。

僧となって学問を究めた若君は、仏法の力によって人びとが迷いの中から救済されるよう、その生涯を捧げました。


（終わり）

【再話者のメモ】

一　「小敦盛」は、渋川版御伽草子の中に入っていますが、底本として用いた「小敦盛絵巻」とそれとでは、本文の内容に異同があります。
また、この底本では、熊谷直実の嫡子小次郎が討たれたことになっていますが、史実では、小次郎直家は生きており、後に奥州で義経討伐の際、軍功を挙げたと記されています。

二　横山重編「説経正本集第三」に、「こあつもり」と題する作品が収められています。その解説で、近松門左衛門以前の浄瑠璃である古浄瑠璃にも、敦盛の遺児を題材とした演目があったと述べられています。

三　室町時代の芸能である幸若舞に「敦盛」があります。
その中の、熊谷直実が出家した場面で
『人間五十年、けてむの内をくらぶれば、夢まぼろしのごとくなり。一度（ひとたび）生を受け、めつせぬ者のあるべきか』
と謡われます。

その詞章は、織田信長が好んで謡ったとして知られています。

幸若舞は、室町時代後期、桃井直詮（なおあきら・幼名幸若丸）が創始したと伝わる舞曲です。

素材は武士の世界で、御伽草子的な叙述体の物語を、素朴な舞と曲節とによって演じるものです。

四　敦盛の笛について、「平家物語」では「小枝（さえだ）」となっています。
その笛は謡曲「敦盛」で、「青葉の笛」とも言われました。

神戸市の須磨寺に、敦盛が所持していたと伝えられる「青葉の笛」が納められています。

五　文部省唱歌「青葉の笛」（作詞者　大和田建樹　一九〇六年）に、次のような歌詞があります。

一の谷の　軍（いくさ）破れ
討たれし平家の　公達（きんだち）あわれ
暁寒き　須磨の嵐に
聞こえしはこれか　青葉の笛

中将姫

「中将姫」という名を聞いたことがある方は多いと思います。

奈良の年中行事として定着している當麻寺の「練供養」は、中将姫が二十五菩薩の来迎を受けて極楽浄土に向かう様子を再現した法会です。（正式な名称は「聖衆来迎練供養会式」）

大臣の娘であり、帝から妃に望まれるという、当時の女性として恵まれた境遇を捨て、仏門に入った姫君の潔さには、現代の私たちも清々しい印象を受けます。


底本として、「室町時代物語大成　第九」二八六頁から二九八頁所収の「中将姫本地」（慶安四年の刊本）を用いました。

【一】

　奈良に都があった頃のお話です。

　横佩（よこはぎ）の右大臣藤原豊成という人がいました。優れた才覚の持ち主で、仁義に厚く、御仏を信じる思いの強い人でした。一人の姫君があり、中将姫と名づけられ、両親の愛情を一身に受け、大切に育てられていました。

　姫が三歳になったときです。母である北の方が重い病になりました。あらゆる治療を試みましたが、回復することは叶いませんでした。命の終わりを悟った北の方は、豊成に頼みました。

「姫のことが気がかりで、あの世に行く道を迷いそうです。どうか、姫が十歳になるまでは後添いをもらわずにいらしてください」

「君一人の子ではなし。私にとっても子であるから、安心して往生なさい」

　北の方は微笑むと、今度は姫の黒髪を撫でながら、苦しい息のなかで、こう言い残しました。

「お前ほどかわいそうな子はありません。たった三歳で母と別れてしまうのですから。どうか、毎日念仏を欠かさず、私のことを弔ってくださいね」

　北の方は亡くなり、豊成と姫は悲しみに暮れながらも、滞りなく仏事を営みました。しかし、このとき姫はまだ幼く、母が亡くなったことの意味がよくわかりませんでした。

経を読むことで一日が始まり、念仏で暮れる日々が続くうちに、姫は七歳になりました。

ある春の日のことです。満開になった桜の花の下で、兄と妹でしょうか、二人の幼い子どもが遊んでいました。姫が見ていると、三十歳くらいの男と、二十六、七歳くらいの女がやって来て、男は男児を、女は女児を抱いて帰っていきました。

姫は乳母に尋ねました。

「あれはどういう人たちでしょうか」

「あの子どもたちの、父親と母親でございます」

「どうして私には父君ばかりで、母君がおられないのですか」

「母君は、姫が三歳のときに亡くなられたのでございます。そのとき母君は、姫が十歳になるまで、後添いを迎えられないように、父君に遺言されました。姫のことを大切に思い、父君はそれを守っていらっしゃいます」

姫はすぐに豊成の前に行きました。

「これまで少しも存じませんでした。どうか新しい母君をお迎えください。本当の母君と思い、大切にいたします」

豊成も姫が心を込めて頼むので、とうとう新しい北の方を迎えることにしました。

姫は継母を実の母のように慕いましたが、亡き母君への念仏には一層時間を費やしました。

豊成はそんな姫の様子を見て、ますます愛しく思いましたが、それが却って継母のほうに姫を疎ましく思わせ、何事につけても辛く当たりました。それを、世間でよくある継母、継子の関係と軽く考えていた豊成でしたが、北の方のほうは、姫への憎しみを日ごとに募らせ、姫を亡き者にしようと企むほどになっていきました。

［三］

姫が十三歳になると、その姿は都で一番美しいと噂されるようになりました。帝から妃に迎えたいと、たびたび使いが訪れ、豊成は大変晴れがましく思いました。

しかし北の方は、何とか姫を陥れようと謀りました。

北の方に仕える侍女に男装させ、姫の局にしばしば出入りする振りをさせました。そのことを豊成に告げ口しましたが、豊成は信じません。そこで、そっと姫の局の様子を垣間見るよう勧めました。豊成が北の方と物陰から見ていると、二十歳くらいの、冠と袍を身につけた人の後姿が見えました。

「申し上げたとおりでございます。どなたか一人が通われるのはよくあることでございます。けれど、姫のお相手は何人もあるようで、あるときは文官、あるときは武官、またあるときは衣を被って身元を隠した法師だったりいたします。情けないことでございます」

それが北の方の計略とは思いもよらない豊成は、姫の不行跡に驚き、深く落胆しました。

（これまで姫を慈しみ、どこへ出しても恥ずかしくないように育てたつもりだったが、嘆かわしいことだ。こんな噂が知れ渡れば、物笑いになるに違いない）

豊成は、警護のために仕えている武者（もののふ）に、姫を紀伊の国、ひばり山に連れて行き、首をはね、懇ろに弔うよう申し付けました。

〔三〕

ひばり山に連れていかれた姫は、武者から訳を聞かされると、少しの猶予を願いました。

「私は毎日、亡き母君のためにお経を読んでいますが、今朝はまだ読んでおりません。父君のために一巻、母君の御霊のために一巻、あと一巻は、私が母君と同じ蓮の上に迎えられるために読ませてくださいい。それから、首を父君に届けるときには、よく洗ってから差し上げてください」

そう言って経を読み終えると、長く豊かな黒髪を巻き上げ、西に向かって手を合わせ、念仏を唱えました。

「阿弥陀様。念仏の功徳によって、この身を極楽にお迎えください。武者が命令に背くことができず、私の首を斬ることを少しも恨みには思いません。いつの日にかこの武者も、極楽に迎えられますように」

静かな声で祈る姫の肌は雪のように白く、その神々しい姿は、秋の満月が山から現れたかのようです。とても刃をあてることなどできません。

（なんと健気な方だろう。たとえ命令に従い、恩賞にあずかったところで、自分が千年、万年も生きることなどできはしない。なんとしてでもお助けしよう）

武者は粗末な小屋を建て、自分の妻も呼び寄せ、三人で暮らしました。

出家した武者は、山の薪を拾い、谷の水を汲み、熊野道者の一行に交じって門々を巡り、施しを受けて姫を養いました。

しかし翌年の春、武者は病に倒れ、七日目に亡くなってしまいました。姫と武者の妻は嘆き悲しみながらも、熱心に念仏を唱えてその後生を弔いました。二人を憐れんだ熊野山伏たちが、食べ物を運んでくれました。

姫は、長く豊かな黒髪を切りました。武者の妻にそれを売って紙を求めるよう頼み、写経をすることで、武者と亡き母君の菩提を弔い、日を送ることにしたのでした。

［四］

姫は十五歳になりました。

春になり、雪が消えると、豊成は狩りに出掛けました。行き先はひばり山でした。

多くの伴人を従え、狩りを終えた時に、谷底から一筋の煙が立ち昇っているのに気づきました。

馬を寄せてみると、粗末な小屋があり、中に五十歳くらいの女と若く美しい娘がいました。

娘は机に向かって一心に写経をしています。

「このような山中にいるのは、よもや人間ではあるまい。天人が姿を変えられたのか、あるいは化生のものか、名乗り給え」

現れたのが父君だとすぐに分かった姫は答えました。

「私は天人でも化生のものでもございません。娘の中将姫でございます」

これまでのいきさつを涙ながらに語る姫に、豊成は弓矢を捨てて駆け寄りました。

「おお、これは夢だろうか。一時の怒りに任せ、命を奪えと命じたものの、すぐに後悔したが遅かった。さぞ私を恨んでいることだろう。いままで、姫と同じくらいの歳の娘を見るたび、姫のことが想われ、念仏し経を読んでいたのが報われたのか。こうして巡り会うことができ、これ以上の喜びはない。どうか許してほしい」

そうして、姫は屋敷に戻ることになり、武者の妻も伴われました。

〔五〕

姫は都中の人びとから喜んで迎えられました。帝からも、早く妃として御殿に上がるように、との使いが遣わされました。

豊成は大変喜び、姫に仕える侍女たちも、屋敷に花を飾り立てて祝いました。

けれども姫は思うのでした。

(今日は最高の位にあっても、明日は無間の闇に沈むかもしれない。無常の世の中にあって、今ここで出家しなければ、輪廻の輪を断ち切ることはできない。これまで慈しんで下さった父君を悲しませるのは本当に辛い。しかし私が仏門に入り、父君、母君を浄土に導くことこそ、本当の孝行になるはずだ)

入内を控えたある日、姫は華やかに装い、最後となる晴れ姿を豊成に見せましたが、その目には涙が光っています。

「辛かった日々を思っての涙か」

姫は父君に出家の決心を悟られないように、偽りを言いました。

「そうではございません。父君とともに、これからも栄えることが喜びでございます。ただ、父君がお年を召されるのが悲しくて、涙を抑えることができないのでございます」

「人の命は限りがあるもの。嘆くことはない」

そう言いながらも涙ぐむ豊成でした。

その宵、中将姫は豊成にいろいろな楽しい話をして慰めました。父君が寝室に下がるのを見届けると、姫は一人でそっと屋敷を抜け出しました。どんな粗末な家でも、もう戻らないと決めて出るのは悲しいものですが、このように立派な屋敷、しかも愛する父君の許を去るのは、本当に辛いことでした。

奈良から当麻までは七里の道のりです。歩き慣れない姫の足からはすぐに血が滲みました。それを、修行の第一歩と考え、やっと当麻寺にたどり着くことができました。

当麻寺の僧坊に声をかけ、出家したいと申し出ましたが、姫の高貴な姿を見た僧に一旦は断られました。しかし姫の決心は固く、真剣な様子に心を動かされた僧は、姫の髪を下ろし、ぜんに比丘尼という名を与えてくれました。

[六]

ぜんに比丘尼となった姫には、強く願うことがありました。それは、正身の阿弥陀如来のお姿を拝みたい、というものでした。

お堂に籠って祈念すること六日目、墨染の衣を身につけた尼君が一人、ぜんに比丘尼の前に現れ、こう告げました。

「汝、かしこくも弥陀を念ずる心ざしの誠なる事を、我知って来たれるなり。ぜんにたしかに聞け。極楽の有り様を織り表し、拝ませ申さん。蓮の茎を百駄手向け給へ」

（底本の一部を、適宜、漢字を当て、濁点をつけて引用）

喜んだ比丘尼は、父君の屋敷に使いをやり、蓮の茎を届けてほしいと伝えました。豊成はすぐに帝に申し上げ、帝の力で蓮の茎が百二十駄届けられました。尼君とぜんに比丘尼は、蓮の茎から糸を繰り出しました。寺の北隅に井戸を掘り、その水に糸を浸すと、五色に染まりました。

六月のある日のことです。天から一人の天女が下り、油と藁を準備するよう告げました。寺の一室に機を置き、藁に油を注いで灯とすると、尼君と天女は一夜のうちに、一枚の曼荼羅を蓮の糸で織り上げました。そうして、尼君と天女は、曼荼羅に織り表された極楽の様子を、ぜんに比丘尼に説いて教えました。仏法の教えを絵で表す曼荼羅は、煩悩を捨てなくても、見るだけで極楽浄土に至ることができるのです。まして、道心の深いぜんに比丘尼です。ありがたさで、涙が止まりませんでした。

尼君と天女が天に戻ろうとしたとき、ぜんに比丘尼は、その袖にすがり、御名を尋ねました。すると、尼君は弥陀、天女は観音であると名乗り、ぜんにが女人であるから、尼と天女の姿となって下ってきた、と教えたのでした。

「今から十三年後の今月今日、必ず迎えに来る」

こう予言すると、姿から光が放たれ、天へと帰っていきました。

十三年後の六月二十三日、ぜんに比丘尼の草庵はよい香りに包まれ、妙なる調べが響きわたりました。花びらが舞う中に二十五菩薩が紫雲に乗って来迎し、観音菩薩からは蓮の花を、勢至菩薩からは天蓋を差し掛けられ、ぜんに比丘尼は念仏を唱えながら、静かに極楽浄土へと昇っていきました。

（終わり）

【再話者のメモ】

一　中将姫の父親である藤原豊成は実在した人物ですが、娘の名前は正史には記されていません。

二　中将姫の伝説は広く人々に知られ、物語の題材となっています。
鎌倉時代に著された説話集「古今著聞集」巻第二に、「横佩大臣女當麻寺曼荼羅を織る事」が載せられています。

室町時代には、世阿弥の謡曲「雲雀山」「當麻（たえま）」が生まれました。

江戸時代には、説経でも「中将姫御本地」が語られました。近松門左衛門は浄瑠璃「当麻中将姫」を著しています。

宝満長者

御伽草子が生まれた中世の人びとは、仏教の規範に従って生活していたようです。このお話も、仏法の大切さを語るものです。同時に、親の恩を尊ぶことをも述べています。当時の人びとがいかに親を大切にしたか、現在の私たちには想像もできません。

底本として、「室町時代物語大成　第十二」三三〇頁から三四一頁所収の「宝満長者」（寛文五年の刊本）を用いました。

【一】


昔のお話です。

天竺のマカダ国に宝満長者と呼ばれる人がいました。そのころ、マカダ国には三千八百町の広さに、九万八千の郡がありましたが、その中で最も栄えた長者でした。

長者は多くの宝物を持っていました。中でもとりわけ大切にしていたのは、四つの宝物です。

「水泡の沓」は、履いて水の上を歩くと沈むことがなく、毒竜や悪魚が恐れました。

「麝香の犬」は、どんな魔物が襲いかかっても、追い返すことができました。

「千載の皮衣」は、着れば灼熱の炎天下でも涼しく、またどんなに厳しい寒さでも暖かいので、決して病気になりません。心も豊かになり、慈悲の心が芽生えて、貧しい人を思いやることができる、という着物でした。

「千光の玉」は、油やろうそくがなくても、昼夜その光が絶えることなく、辺りを照らす玉でした。

長者がこのような宝物を持っていることは、次第に天下に知れ渡り、帝の耳にまで届きました。帝は、それがどのようなものか見てくるよう、大臣に命じました。

【三】


長者は大臣を丁重に迎えました。

「噂には聞いておったが、これは見事な屋敷じゃ。金の瓦に玉の飾り、床は琥珀、庭には瑪瑙の石畳や瑠璃の玉砂利が敷かれておる」

「恐れ入ります。こちらまでお運びいただき光栄でございます。お食事をご用意しておりますので、どうぞこちらへ」

「これはまた、豪華な料理の数々であるな」

「どうぞ、お酒もお召し上がりください。ところで、帝のご命令とは、どのようなものでございましょうか」

「そなたが持っているという、四つの宝物がどのようなものか、との仰せじゃ」

「それではすぐにここへ持ってまいりましょう」

長者がためらうことなく、宝物を四つ取り揃えて見せたので、大臣はかえって不審に感じました。

「長者はほかにも宝物を持っているであろう。それも見せてくれぬか」

「おやすいことでございます。では屋敷の四方にある蔵をすべて開けてお見せしましょう」

長者が案内した一の蔵には白銀、二の蔵には黄金、三の蔵には宝石、四の蔵には錦の織物がぎっしり積まれていました。

大臣がふと丑寅（北東）の方角を見ると、林の上に紫雲がたなびいています。

「あの林にも案内してはくれぬか」

「あちらにはお見せするような、大したものはございません」

「そう言われれば却って見たくなるものじゃ。それとも何か隠したいものがあるのかな」

「そのようなことではございませんが」

長者はためらいながらも、先に立って林の中に進みました。

それは栴檀（せんだん）の林でした。あたりには爽やかな香りが満ちて、一同は清々しい気分になりました。

小川が流れ、その川底に瑠璃色の宝石が敷き詰められています。架けられている橋は瑠璃でできており、川面は空を映して青く輝いています。

橋を渡ったところは小さな島で、三重の塔が建っていました。

長者は塔の扉を開けて見せました。中には黄金でできた箱が三つ並べられています。

「その中に入っているものを見せてくれぬか」

「申し訳ございません。これまでお見せしたすべての宝物を奪われ、その上、国を追放されることになったとしても、この箱を開くことはできません」

大臣が重ねて要望しても、長者は、開けようとはしませんでした。

「それでは、その箱を持って帝の御前に出るがよい」

大臣に命令された長者は、大勢の伴人に箱を護らせ、都に上っていきました。

〔三〕

帝の前にひざまずいた長者は、凛とした声で言いました。

「箱を開けられるのでしたら、お身体を清め、新しい衣をおつけください」

帝がそのようにすると、長者は錦の布を七枚重ねた上に箱を並べ、その周りには燭台を立て、ひれ伏しました。

その様子を、居並ぶ貴族、臣下が固唾をのんで見守ります。城外にも、噂を聞いて押しかけた群衆が、少しでも宝物が見えはしないかと待ち構えています。

長者は一礼したのち、まず、左の箱を開けました。

すると、中から強い光が射し、王宮全体が明るく照らされました。中に納められていたのは、法華経でした。

「法華経は世間に広まっているもので、少しも珍しい宝物ではないぞ」

「いえ、この経文は、それを唱えることにより、天上界に導かれる、最も大切なお経でございます。たとえ『水泡の沓』といえども、現世の大河を渡る役にしか立ちません。とても三途の川を渡ることはできないのでございます。『麝香の犬』も現世の敵を防げても、地獄の鬼は防げません。『千載の皮衣』は四季の寒熱から身を守っても、地獄の炎からは守ってくれません。『千光の玉』も、この世の闇は照らせても、地獄の闇を照らすことは不可能なのです」

「全くそのとおりじゃ。これからは、法華経を唱えたり、書き写したりする者は、たとえ罪人であっても許し、貧しい者であれば、宝物を与えよう。また、望みを持つ者ならば、その願いを叶えよう」

次に、長者は真ん中の箱を開けました。すると、妙なる調べが空中に満ち、清々しい香りが一面に広がりました。

「その中の物は一体何なのか」

「これは『六字の名号』でございます」

「それもよく知られており、珍しくはないぞ」

「いえいえ、これは、わが屋敷のどの蔵の宝物より貴いものでございます。人は生まれれば必ず死にます。この世での命は一瞬の夢の間であるのに、皆少しでも長く生き、財産を蓄えるために他人と争ったりいたします。その罪深い人間を救ってくださるのが『南無阿弥陀仏』の六文字なのです」

「全くそのとおりじゃ。今後は国中の者すべて、念仏を唱えるように」

長者は最後の箱を開けました。中には、錦の布で七重にくるまれた丸いものが二つ納められていました。長者はそれを取り出し、両手に載せるとひざまずき、うやうやしく捧げ持ちました。

「くるまれているのは何か」

「これは私の両親の頭（こうべ）の骨でございます」

「なんと。そのようなものを見せるのはけしからん」

「ですから、お見せするのをお許しください、と申し上げていたのでございます。帝のご命令に背くことはできず、こちらにお持ちした次第です」

「そうであったな。何か考えがあるのであろう。述べてみよ」

「はい。私たちがこの世に生まれ、善悪をわきまえる人となれたのは、すべて父母の恩によるものでございます。十善の位を備え、百官、万民に仰がれて天下を治めておられる帝も、父君、母君のご恩によるものにほかなりません。父君のご恩の高いことは山のごとく、母君のご恩の深いことは海のごとくでございます。この箱の中に父母の遺骨を納め、私が朝夕拝んでおりますのは、そういう思いによるものでございます」

「そなたの心が邪でないことは、よくわかった。これからは、仏道の修行に励むとしよう。そなたを左大臣に任命する。補佐をするように」

長者は、帝の政を助け、海の航路を開き、川に橋を架け、国中に寺院を建立しました。また、病人には薬を、貧しい人には食べ物や着る物を与えました。帝の治世は安定し、平和な世の中となっていきました。

これはみな、宝満長者の仁徳によるものでした。

（終わり）

【再話者のメモ】

法華経は、大乗仏教の代表的な経典で、妙法蓮華経の略です。

平清盛が、一門の繁栄を願って厳島神社に奉納した「平家納経」三十三巻のうち、二十八巻は法華経となっています。

ささやき竹物語

この物語は、僧侶の失敗談を描いた作品です。

若く美しい姫を奪い取ろうとした別当阿闍梨は、悪知恵を働かせ、毘沙門天の名を騙りますが、思わぬ結末を迎えます。

それに対し、偶然出会った姫を助けて結ばれた若者は、幸運な人生を得ます。


底本として、「室町時代物語大成　第六」一一五頁から一一九頁所収の「ささやき竹物語」（制作年代未詳の絵巻）を用いました。

【一】

昔のお話です。

河内の国に、行部左衛門義親という人がいました。

裕福に暮らしていましたが、残念ながら、いまだ子宝には恵まれませんでした。そこで、ご利益があると評判の、近くの毘沙門様に祈願をしたところ、玉のように美しい姫を授かりました。

大切に育てられ、十三歳になったときには、姿ばかりでなく心がけもよい、すばらしい姫に成長していました。また、詩歌、管弦の道に優れ、古今、万葉、源氏、狭衣、伊勢物語などの書物も読みこなしていました。

ある春の日のことです。姫は、毘沙門堂に花見に出かけました。柔らかい光にあふれた空の下、一重桜に八重桜、藤、山吹に至るまで咲き揃っている中に、松の緑がことさら際立つのを見た姫は、鈴を振るような声で一首の歌を詠みました。

『春べには　いずれの木々も　花咲くに　など松ひとり　青葉なるらん』

この様子を毘沙門堂の別当阿闍梨が見ていました。

（なんという歌じゃ。浮世の中の生きとし生けるもの、陰陽和合の習い、千草、万木に至るまで、花咲き実が生るというのに、どうして自分だけが独り身を貫き、わびしい人生を送らねばならぬのじゃ）という気分に襲われました。

（あの姫は、わしが独りでいることを憐れみ、歌を詠んだのではなかろうか。なんとしても、あのように美しい姫と結ばれたいものじゃ）

一念に取り付かれた別当は、明けても暮れても、姫と夫婦になるための手立てを考え続けました。

そしてついにある夜、義親の屋敷に忍び込むに及びました。手には長い竹筒を持っています。義親夫婦の寝間の、外から竹筒を差し入れ、一方の端に口を近づけてささやきました。

「いかに我をば誰とか思ふ。毘沙門天なり。汝が子は十三の歳まで預けおくぞ。急ぎただ今返せ。それ、さなきものならば、我が住むところの別当阿闍梨を婿になし、姫を毘沙門堂へ送るならば、命は長かるべし」

（底本の一部を、適宜、漢字を当て、濁点をつけて引用）

義親夫婦はたいそう驚き、また悲しみましたが、信心深い二人でしたので、やがて、致し方ないと諦めて、別当に使いを出しました。

姫が送られると聞いた別当は、心の中は嬉しさでいっぱいでしたが、素知らぬ振りを装い、片頬では笑い、片頬では苦い表情で言いました。

「これまで長い間仏道に精進した甲斐もなく、妻を迎えよとは、残念な毘沙門様のお告げじゃ。しかしわしが迎えなければ、姫の命がなくなるということじゃから、人助けをせねばならん。先方の事情を汲んで迎えを差し向けよう。なんといっても寺のことじゃから、くれぐれも人目につかぬようにせねばならん。おお、大般若経を納める箱なら、誰にも見とがめられることはあるまい」

そこで、大般若経六百巻を取り出すと、空になった大般若箱を小法師二人に担がせ、迎えに行かせました。

〔三〕

義親夫婦は、これまで慈しみ育てあげた一人娘が、大名や公家でなく、こともあろうに、年の離れた沙門の妻になることを大いに嘆きましたが、これも前世の因果と諦め、姫を大般若箱に入れ、毘沙門堂へ送り出しました。

大箱を担いだ小法師は、途中の野原でひと休みしなくてはなりませんでした。というのも、姫の門出を祝うために、義親が酒をたくさんふるまったからです。二人は正体もなく眠り込んでしまいました。

そこへやって来たのは、同じ河内の国に住む、高田の宮内少輔（くないのしょう）という若者でした。青空が高く晴れ上がった秋の一日、鷹狩りを楽しむためにこの野に来ていました。小鷹を遣ってウズラ、ヒバリなどの狩りをするうちに、小法師二人が眠り込んでいるのを見つけました。

その傍に、大きな黒い箱があります。馬に乗って近寄り、見ると、それはかすかに動いています。伴の者に、紐をほどいて開けるよう命じました。

中で美しい姫が泣いていています。宮内少輔は驚いて馬から飛び降り、尋ねました。

姫は泣きながらいきさつを語りました。

「父母の仰せに従わなければ五逆罪になりますが、このように情けないことはございません」

宮内少輔は、姫の長い黒髪、整った顔立ち、可憐な様子などにすっかり心を奪われ、なんとしてもこの美少女を屋敷に連れて帰ろうと思い、即座に言いました。

「ぶしつけですが、私は十八歳でまだ妻はおりません。どうか一緒においでください」

涙に濡れた姫の瞳に、凛々しく誠実そうな若者の姿が映りました。

「仰せに従いたいと思いますが、両親の命に背くことはできません」

「それはそれとして、ともかく一緒にいらっしゃい」

宮内少輔は、姫を引き立てるようにして馬に乗せました。それから伴の者に、空になった大箱に、野にいた仔牛を姫の代わりとして入れ、蓋をして元のように紐を掛けるよう命じ、屋敷へと急いで帰っていきました。

さて、目を覚ました小法師は再び大箱を担ごうとしました。すると仔牛は驚いて中で暴れました。二人は箱に向かって頭を下げ、頼み込みました。

「大酒を飲み、酔っぱらって、正体もなく眠り込んでしまいました。ご立腹とは存じますが、寺に戻ってもお坊様には、昼寝のことは内緒にしてくだされ」

毘沙門堂で待ちかねていた別当は、走って迎えに出ました。

「さぞご窮屈なことでございましたろう」

別当が、喜び勇んで蓋を開けたところ、中から仔牛が飛び出して、屏風、障子を蹴破りながら、そこら中を跳ね回りました。

「これは一体どうしたことじゃ。姫が牛の仔になってしもうた」

寺中大騒ぎの末、やっとのことで仔牛を捕まえ、祭壇の柱につなぎました。

「元の姫の姿になり給え」

七日七晩祈り通しましたが、元の姫の姿にはついに戻りませんでした。

そのことを伝えられた義親夫婦の嘆きは、まことに限りないものでした。

一方、宮内少輔は姫を妻として迎えました。

二人の仲は睦まじく、男女七人の子宝に恵まれました。

義親夫婦は、姫が幸せに暮らしていることをやがて知り、幸運な巡り合わせを心から喜んだのでした。

末繁盛のめでたいお話です。


（終わり）

【再話者のメモ】

五逆罪については諸説ありますが、「日本佛教語辞典」（岩本裕著　平凡社　一九八八年）によれば、次のようなものです。

仏教倫理に背く五種の大罪

一、母を殺す（殺母）
二、父を殺す（殺父）
三、阿羅漢を殺す（殺阿羅漢）
四、教団を分裂させる（破和合僧）
五、仏に危害を加えて仏の身体から血を出させる（出仏身血）

この物語で、姫は、「父母の仰せに従わなければ五逆罪になります……」と語っています。当時は仏教の教えが深く浸透しており、父母の言葉に逆らうことは、五逆罪に匹敵すると考えられていたようです。

およの尼

この物語では、仏道に帰依した身でありながら、なお俗世の欲を捨てきれていない老法師が、年を取って処世に長けたおようの尼の、思惑どおりに動いていく様子が描かれています。

底本として、「室町時代物語大成　第三」　三五〇頁から三六三頁所収の「おようのあま」（制作年代未詳の奈良絵本）を用いました。

【一】

昔のお話です。

京の都、白川のあたりに、ある遁世の法師が柴の庵を結び、毎朝小さい鉦鼓を打ち叩き、念仏して暮らしておりました。

ある日のことです。

一人の年取った御用聞きの尼が、頭巾を被った頭の上に大きな袋を載せてやってきました。御用（およう）の尼です。

「お召替えの小袖、古綿、古肌着、頭巾の布切れ、お手拭いの端切れなど、何でも御用がありましたら、お取替えいたします」と、口上を述べて袋をそばにおき、この庵の縁側にどっかりと腰をかけました。

「やれ、くたびれた。さてもお坊様は殊勝なことでございますな。このようなところにひとりで暮らし、念仏に明け暮れされておるのは」

「尼様はどちらからおいでかな。袋にいろいろの物を入れ、運び歩くのは、その年では苦労じゃろう。まあ、ちょっと休みなされ」

法師はまた念仏に戻りました。

「これはどうも御親切に。どこを宿とも定めなく、洛中、洛外をすみかとし、一条殿、二条殿、近衛関白、花山院、御所内裏の局、御門跡、諸大名の館、かなたこなたの寺々や、町人、奉公人の家々、傾城の局などまでも、残るところなく立ち入って、古綿、古小袖、破れ帷子、布切れ、古帯、古糸、絹の端、櫛、毛抜き、割れ紅皿、畳紙まで、何でもお取替えいたします。あるいは、解毒、万病円、膏薬、目薬、沈香、合わせ香、笄、下げ緒、神扇、などの御用もいたします。そのほかに、身分の高い上臈様、宮仕えの女房たち、若い比丘尼たち、手掛かりがなくても、出会いを求める気持ちがあれば、何としてでもご縁を結ぶお手伝いをいたしますので、およう の尼と呼ばれております」

法師は、念仏を続けようとしますが、尼の言葉に引き込まれていきます。

尼は続けます。

「お見受けするところ、おひとりの住まい、お年もかなり召しておられるようです。定めなき世ですから、病気になることもあるでしょう。風邪をひいたときなどに、誰か看病をしてくれる人があれば、たやすく湯水も飲ませてくれ、往生もしやすいということでございますよ」

「わしもそうは思っておりますが、わが身一つの暮らしを支えるのが精いっぱいで、しっかりした弟子をもつこともできぬありさまです。憂世を厭い、出家となった身ですから、必ずしも世話をしてくれる人がほしいと思ってはおりません。阿弥陀仏の教えに従い、ただ念仏に明け暮れし、秋風が吹けばはかなく消える露のようにこの世を去り、極楽往生を願うばかりです」

「尊いお考えでございますね。さりながら、この世のうちにある間は、何かにつけ世事に煩わされるものでございます。衣のお洗濯もしなくてはならないでしょうし、菜を摘み、水を汲み、薪を取るなどの苦労も付きまといます。お世話をする人があれば、縫物もし、また病気の時には、腰を揉んでもくれるでしょうに」

法師は仏道修行への堅い決意もどこへやら、気弱になっていきます。

「おっしゃるとおりです。年を取れば明日の命もわかりません。老後の世話をしてくれる人がほしいのは、言うまでもありません。そのような人があるなら、どこからか探してきてほしいものです」

「先ほども申しましたが、私は人の御用を務めるのを生業としております。京の中にふさわしいお方があるかと考えますと、どうもそれは難しいようです。洛外からでも見つけてまいりましょう」

尼が袋を頭に載せて行きかけると、法師は庭まで下りて見送りました。

「どうにかして見つけてくだされ。お骨折りではございましょうが、何卒よろしくお願い申します。おお、これこれ、めでたいことの前祝いじゃ」

法師は懐から一本の扇を取り出し、尼に差し出しました。「おうぎ」に「あうぎ」をかけて、誰かに必ず「会う」という願いを込めたつもりです。尼の方も心得て、こう返しました。

「この扇をくださったお気持ちは、裏表なくよい妻に出会いたい、とのことでございますね。末広がりに栄えられましょう」

〔二〕

それから四、五日して、尼がやってきました。

「これ以上探すところはないほど、あちらこちらを訪ねてみましたが、ふさわしい方は見つかりませんでした。これはどうか、と思えば器量が悪く、目などもただれておられます。また、ある方は年寄りで、口も少し歪んでおられました」

法師はすっかり情けない気持ちになり、沈んだ声で言いました。

「それは残念なことです。お願いしないほうがよかったのかもしれません。ですが、こうなればもう、見目にも年齢にもこだわりません。私に似合う人ならばよいのです」

「では、ちょっとお聞きください。山崎の近くに尼君が一人おられます。この方はある公家の姫君で、見目形が美しいばかりか、お心も穏やかでいらっしゃいます。けれども、世の中の移り変わりで寄る辺なき身となられ、今は出家して粗末な庵にお住まいです。言い寄る人があっても、心して身を護っておられますが、もしかしてお心変わりがあるかもしれません」

「それはよいことを聞きました。このように粗末な庵でも承知してくださるなら、こちらは末永く気持ちを変えずに、添い遂げるつもりでいます。ところで、おいくつくらいの方ですか」

「お年まではちょっとね。ところでお坊様はおいくつですか」

「わしはまだ四十にもなっておりませんが、このようにわびしい暮らしで苦労も多く、ちょっと見には五、六十にもなっていると思われることでしょう」

「苦労が多ければ、年よりも老けて見えるものでございます。この私も家がなく、あちこち放浪する身でございますので、三十を少し超えたばかりというのに、まるで老婆のように思われることでしょう。北野の天神様も一夜のうちに白髪になられたと言います。お坊様は四十歳にもなっておられないとのこと。十歳ばかりの差でございます。相性もよかろうと存じます」

「いやいや、山崎の方との相性がどうのこうのと、大げさに占いなどする必要はありません。とにかく早くその方に会わせてくだされ」

「それでは、私にできるだけのことをさせていただきましょう」

こう言いおいて、尼は帰っていきました。

〔三〕

法師は、すっかりうきうきといい気分になって、そのうちにいい返事が返ってくることを待ち望んでいました。しかし、五十日にもなろうというのに、一向に何の音沙汰もありません。

「さてはあの尼、偽りを言ったのだな。山崎に住んでいる方とのこと、ここは自分で訪ねることにしよう」

気もそぞろとなった法師が、出かけようとしているところに、おようの尼がやってきました。

「待っておりましたぞ。どうなりましたか」

「すぐにもお返事を、と思いながら、いろいろありまして遅くなり、きっとお待ちかねのことと思います。さりながら、このような事柄は、気長でございませんと、うまくいかないものでございます。かのお方は身寄りもなく、頼りない境遇ではございますが、『今どきの人は心変わりも多く、生涯添い遂げる気持ちがおありか、そうでなければむしろご縁を結ばぬほうが身のため』などと、言っておられます。それを根気強く説得し、やっと承諾いただいたのでございますよ」

「それなら、吉日などにはこだわりません。すぐにでもお連れください」

「では、三日後に」

普通でも何かをあてにして待つときは、心が穏やかではないものですが、女人を迎えようとするこの法師は、すっかり正気もないほどの浮かれようで、起きてみたり寝てみたり、日にちを指折り数えて、その日を待ち焦がれました。

〔四〕

　さて、いよいよ女人を迎える当日になりました。法師は庭の小草を抜き、ほうきを手に辺りを掃き清め、たたみやむしろの埃を打ち振るい、寝間の衾（ふすま）や古枕に至るまで取り繕った上に、酒と肴も調えました。蓋の割れた土茶釜に柴を焚きつけ、湯を沸かし、ヒビを継いだ茶碗を洗って古折敷に並べ、今か今かと待ち受けております。

　日も暮れ、松の木切れに火をともし、戸を細目に開けて外を眺めれば、生い茂る萩が風に揺れて立てる音を聞いても、かの人が訪れたかと思うのでした。

　いつの間にか宵の月は隠れ、辺りは物の区別もつかぬほどの闇に包まれました。所在ないので庭の草でも抜こうかなどと思っても、とても草が見えるものではありません。それでは歌でも歌おうと、聞き覚えのある節をなぞっているところに、忍びやかな足音がし、そっと妻戸の開く音がしました。胸を躍らせて出てみると、そこにあるのは、おようの尼の姿でした。

「さて、首尾はいかがですか」

「声が高うございます。かのお方は、このように男の方と会うことに慣れておられません。恥ずかしがっておられるのを、ようやくのことでお誘いして参ったのです。こんなに明るく火をともしていてはうまくいきません。全体を暗くした上で入らせてあげてください。私はここで失礼いたします」

「おお、若い方は物慣れず、恥ずかしがっておられましょうから、火を消します。帰られる前にまずは、祝いの酒をさしあげましょう」

「かのお方に待っていただくのは、心苦しいのですが、お祝いですからいただきましょう」

法師は、かねて準備していた上等の酒を銚子に入れました。女人を待たせているので気もそぞろな法師が、立ったまま急いで飲もうとすると、尼が言います。

「おめでたい盃を、そのように立ったままなどで召しあがってはなりません」

尼は、法師の持つ盃に酒をなみなみと注ぎ足し、法師が飲むと、今度は尼が盃を受けて二、三杯飲み、また次に法師に返して二、三杯、差しつ、差されつするうちに夜も深まっていきます。

「ここにかのお方をお入れしたら、お酒を飲むこともできなくなりましょう。存分にお飲みになってからお迎えになるのがよろしいですよ」

尼が強く勧めるのに従っていくうちに、法師はすっかり酔っぱらっていきました。

「では、そろそろこちらへお入りいただきましょう。すぐに火をお消しください」

尼は、一度外に出るとまた戻り、小声で言いました。

「どうか何事もひっそりとなさってください。荒々しい物言いなどはつつしんで、静かにお迎えください」

〔五〕

法師はもう嬉しくてたまりません。誰かをそっと押し入れるような気配がして、戸が静かに閉まりました。法師が、消え残った火を少し掻き立てて様子を窺うと、白い着物を頭から被った女人が、まことに恥ずかしげに横を向いて立っているのが見えました。それにしても、この方に盃の一つも差し上げないのは申し訳ないと思い、明かりをもう少し明るくして、酒の肴を引き寄せ、盃に酒を入れますと、その女人はますます恥ずかしそうに、被ったものを深々と引き寄せ、顔をそむけるのです。

「お若い方にはこのような老法師が怖いでしょう。私も昔は立派な男として、羽振りのよいときがあったものです。どうしてそんなに慎み深くしておられるのですか。打ち解けて一献召し上がれ」

女人は座ると、おずおずと手を出して盃を受け取り、注がれた酒をたっぷりと飲みほしました。

「お祝いですからどうぞ」と酒や肴を勧めるうちに、次第に夜も更けていきます。

法師は、嬉しくてたまりません。

（年を取ってこんなに幸せなことがあるなんて）

心の中でこう思いながら、ますます盃を重ねました。

「お坊様が勧められるので、こんなにたくさんいただいてしまい、恥ずかしゅうございます」

「では、茶を入れましょう」
二、三杯の茶を飲み、法師が女人に少し身を寄せると、女人は弱々し気な声で言いました。
「おようの尼がさまざまに勧めるものですから、こうして参りましたが、お心変わりがあるのではないかと心配でございます」

「若者ならばともかく、年を重ねておる身です。そのようなご心配はご無用です。末永く添い遂げ、ともに長生きをいたしましょう。おお、山崎からおいでになったのですから、さぞくたびれておられましょう。脚をさすって差し上げましょう。肌着もお脱ぎなさいませ。いっしょに朝まで寝明かしましょう。お年はいくつになられるのでしょう」

【六】

鳥の声に目を覚まされ、法師が戸を細目に開けて朝の光を入れ、隣に寝ている人を見れば、そこにあるのは、七十歳ばかりの古尼の、しわがより、口に一本の歯もない顔でした。

（これはいったいどうしたことじゃ）

尼の顔に目が釘付けになっていると、尼が言いました。

「呆れた顔でそんなに人の顔を見つめないでくださいまし。恥ずかしいではありませんか」

尼は着物を掻き合わせ、ちょっと気取った様子で大きな袋を引き寄せ、恥ずかしそうに座り直しました。よくよく見れば、それはおようの尼でした。

法師はあまりのことに茫然として、うつむくよりほかありませんでした。

しかし、尼はこう言ってのけました。

「このたびお頼みになった山崎のお方は、さまざまに申し上げましたが、どうしても承諾なさいませんでした。こちらにその旨お伝えすれば、どうして誘ってこないのだ、情けないぞ、恨めしいぞ、とおっしゃるのは間違いございません。

かといって、ほかにふさわしいお方もおられず、どうしようか、こうしようかと考えた末、このような身でもお役に立つことができよう、洗濯もし、お腰を揉んで差し上げることもできる、と思い立ったのでございます。

昨夜、何があっても添い遂げると誓われましたね。お捨てになったらお恨みいたします。どうぞ落ち着いてお考え下さい。お坊様と私の年はそれほどの違いはありません。まことに似合いではございませんか。

この袋に入っているものは、おかしいようですが、ご覧に入れましょう。破れ小袖、古綿帽子、肩の落ちた継帷子、張り晒の古袴、帯の切れ端、古脚絆に古手甲、耳欠け針に割れ鏡、爪切り刀や釜の輪などでございます。
お坊様のお道具を拝見すると、汚れ布子、破れ衾に古頭巾、ちぎれ帯に古手拭い、欠けた銚子に割れ茶碗、輪の切れた手桶、手のもげた薬缶、古薄べりに破れむしろばかりでございます。
これらのものと私のものとを取り混ぜて、一つの世帯とするならば、まことに都合がよろしいではございませんか」

（終わり）

【再話者のメモ】

西沢正二　石黒吉次郎校注　影印校注古典叢書「お伽草子一　おようの尼・玉もの前」（二版）（新典社　一九七九年）にも、この底本と同じ作品が掲載されています。
その解説には、次のように書かれています。

「御伽草子の中には、渋川板以上に、ユニークですぐれた物語も少なからず見受けられるようである。本書に収めた『おようの尼』も、近代の短編小説に比較できそうな、すぐれてユニークなものとみられる。御伽草子コンテストにおけるベスト・テン入りは、ほぼ確実であろう。」

みしま

この物語では、橘清政と妻（主人公の両親）のやり取りが興味深いと思います。中世の社会で、女性の地位はどのようなものだったのでしょうか。このお話では、夫婦はほぼ対等であるように感じられます。暗に、夫が太陽、妻が月に例えられているのも、その表れと言えるでしょう。

底本として、「室町時代物語大成　第十二」六七九頁から六九七頁所収の「みしま」（寛文〜元禄期の奈良絵本）を用いました。

【一】

昔のお話です。

伊予の国、三島の郡に、橘清政という長者がいました。四方に四万の蔵を建て、何不自由なく暮らしていました。

ある日のことです。庭に出て咲き誇る色々の草花を見ていると、スズメが広縁の垂木に巣をかけてひなを育てているのに気づきました。清政は、親鳥がひなを慈しむ様子をじっと見ているうちに、わが子を持たないことがつくづく侘しく思われ、北の方を呼びました。

「今日のうちに子を産んでくれ。それが叶わないなら、家を出て行きなさい」

「まあ、何と無茶なことをおっしゃいます。私は、子がいないことは前世に関わることと、あきらめておりましたのに。大和の国、初瀬にお祀りされている十一面観音様は、子を願えば子を、福徳を願えば富を与えてくださるということでございます。お参りしてお願いしてみましょう」

清政は、さっそく大きな船六隻にさまざまの宝物を積んで摂津の国まで漕ぎ行き、淀の津からは荷車に積み替えて、初瀬に参詣しました。

一週間、二週間籠って祈りましたが、何の変化もありません。三週間たった夜のことです。観音様は七十歳くらいの老僧に身を変えて、清政の夢に現れました。

「お前は前世の行いにより、子孫を持たぬ身としてこの世に生まれておる。この世の十六の大国、五百の中国を飛び回って調べてみたが、お前の子になる種はなかったのじゃ。あきらめて帰国せよ」

「前世の行いとは、いかなるものでございますか」

「お前たち夫婦は前世では牛であった。このお堂が建てられたとき、それまで日本になかった菊という花が天竺からもたらされた。花が咲きそろうと天人が降りてきて、花園で舞い遊ぶほど見事であったものを、お前たちは葉と枝ばかり残して、花をみな喰ってしまった。また角で土を掘り、足で蹴散らした罪によって、子孫を持つことができぬのじゃ。けれども、このお堂を建てるための木材を背に負うて運んだ功徳により、人間として生まれておる。子種はない。すぐに帰国せよ」

「なんとも悲しい身の上でございます。子を得られないなら、帰国しても空しいばかりでございます。子を一人下さらないなら、腹を掻き切って自害し、仏の首にとりつき、狂い死にして、このお堂の魔物となり、だれもお参りに来られないようにします。そうすれば、このお堂も寂れ果て、獣のすみかとなるに違いありません」

そこで、観音様は考えられました。

（うむ、子を得られなければ、自害して魔物になるとな。どうすればよいかの。おお、そうじゃ、山城の国の女人に授けるつもりの子があるわ。三人目の子であるし、貧乏しておる。清政の四万の宝を取って、子の代わりに女人に与えることとしよう）

それから清政に言われました。

「そこまで言うなら、お前の宝を私に捧げよ。衆生に与えることにしよう。その代わりとして子を授けようと思うが、いかに」

「四万の宝、五百人の家来すべてを捧げます。子を一人お授けください」

「わかった。何があっても決して恨むでないぞ」

観音様が水晶の玉を取り出して、北の方の口に入れたところで夢が覚めました。

夫婦は喜んで帰国しました。


【三】


それから十月して、あたりも輝くばかりの、器量のよい男の子が生まれ、玉王と名づけられました。観音様から水晶の玉をいただく夢を見て、授かったことに因みます。

ある日、清政は、将来譲る宝物を見せようと、玉王を抱いて四万の蔵を巡ったところ、観音様のおっしゃったとおりのことが起こっていました。蔵にあるはずの宝物が、すっかりなくなっていたのです。残っていたのは、ただわずかに練り絹と錦の切れ端だけでした。清政は泣く泣く、それで玉王の着物を仕立てました。

宝物があるときには多くの家来が従っていましたが、今は木の葉が散るように散り散りに去り、夫婦二人だけになってしまいました。(あまりに子が欲しかったので、宝物をすべて御仏に捧げるとは言ったものの、これではどうやって玉王を育てることができるだろう。少しぐらい残してくだされぱいいものを)と嘆きながら、山に入って木の実を拾い、なんとか命をつないでいました。

北の方も、玉王を背負って野辺の若菜を摘み、磯のわかめを採るなど、慣れないことを続けました。

ある日のことです。北の方は、わかめを採ろうと磯に出ました。背負った大切な玉王を岩にでもぶつけてはなりません。浜の砂を掘ってくぼみを作り、その中に玉王を寝かせておきました。ところが、一生懸命わかめを採っていると、どこからか一羽の大鷲(ワシ)が飛んできて、玉王を爪でつかみ空高く飛び去ってしまったのです。

「四万の宝に代えていただいた子です。どこへ連れて行くのですか。返して、返して」

力の限り磯を走っても、飛ぶ鳥に追いつくことなどできるわけがありません。大鷲は伊予、讃岐、阿波、土佐の、四国の国境がある嶺へと飛び去ってしまいました。

ちょうどそのころ、清政は山の中で柴を刈っていましたが、何となく胸騒ぎがしたので急いで戻ってきました。すると北の方が泣き叫んでいます。

（今までは多くの召使たちにかしずかれ、何不自由なく暮らしていたものを、こんなにみじめな暮らしとなり、さぞ悲しいことだろう）そう思った清政は優しく言いました。

「明日からは磯に出なくても、わしが何とかしてお前と玉王を養うからね」

「玉王がいればあなたと一緒に、どんなことでもいたします。玉王が、磯で、大鷲に、連れ去られてしまいました」

二人は絶望して、この世から消えてしまいたいと思うのでした。

北の方がやっと言いました。

「玉王は四国の国境の山中に連れ去られたに違いありません。山の中を探しに行きましょう。鷲はたとえ肉を食べたとしても骨は残すはずです。見つけてせめて菩提を弔いましょう」

二人は山に入り、峰に登り、谷に下り、七日七夜探し回りましたが、一片の骨さえ見つけることはできませんでした。

〔三〕

大鷲は国境を飛び越え、阿波の国、坂西郡にある頼藤右衛門という人の庭にやってきました。枇杷の木の三叉になったところに玉王を置くと、また空高く飛び去って行きました。

右衛門はちょうど持仏堂で念誦していました。と、どこからか赤子の泣き声がします。

「この家に赤子はおらぬはずじゃ。誰か調べてまいれ」

探しに出た家来は、錦の着物にくるまれた赤子を見つけ、枇杷の木から降ろすと、右衛門に差し出しました。

「おお、なんとかわいらしい子であろう。わしはこれまで子を持つことができず、まことに残念に思っておった。この子を賜り、こんなに嬉しいことはない。先ほど念誦していたときに御仏がお姿を見せられ、わしの口に水晶の玉を入れられた。そうして賜った子じゃ。玉王と名づけよう」

右衛門は何人もの乳母を付けて、大切に育てました。

玉王が五歳になるころには、その器量のよいことが近郷に知れ渡っていました。この国の目代殿がその噂を耳にし、わが子にしたくなりました。目代殿にも子がなかったのです。

右衛門の屋敷を訪れた目代殿は、酒宴の半ばにこう切り出しました。

「そちには器量のよい子がおるそうじゃ。わしにくれんか」

「お言葉ではございますが、たった一人の子でございます。どうして差し上げることなどできましょう」

目代殿の申し出を断りました。

右衛門は身なりを整えた玉王を抱いてきて、目代殿に見せました。目代殿は（親でもない自分が見ても、こんなに愛おしい。このまま右衛門が育てれば、ますます手放したくなくなるに違いない。連れて帰ろう）と、玉王を抱き、無理やり奪っていきました。

目代殿に育てられた玉王が七歳になると、今度は阿波の国司が噂を聞きつけ、目代殿に頼みました。

「そちは器量のよい子を持っているそうじゃな。わしにくれんか。将来国を譲ろうと思う」

目代殿は国司に従うほかありませんでした。

〔四〕

十歳になった玉王を伴って、国司が都に上ると、帝が玉王を内裏にお召しになりました。帝はすぐに玉王を気に入られ、百人の公卿、殿上人がいなくても、玉王一人が居ればそれで満足されるほど寵愛され、常におそばに控えさせておられるのでした。

玉王は十五歳で元服、内の蔵人となり、十七歳で大宰府の国司を拝命しました。

任地へ赴任する前に、内裏の庭園に咲く花々をめでていた玉王の耳に、話し声が聞こえてきました。四国から都の寺社参りにやってきた民の一団の会話でした。

「あそこで花をご覧になっておられる殿上人は、何ともお美しい方じゃ。あのような方の絵姿を扇に描きたいものだ。われらが何ということなく見過ごす花でも、あのお方は心を込めてご覧になっておられる。まことに尊いお姿じゃ」

「わしはあのお方を見たことがある」

「どうしてお前がこんな貴人を知っているのじゃ」

一行の者は、この男の言うことに興味津々です。聞いている玉王も耳をそばだてていました。

「あの方は、わしらの国の田舎侍、頼藤右衛門殿のお子じゃったが、阿波の国の目代殿、その次に国司殿、それから内裏へと乞われた方なのじゃ。だがな、実は、右衛門殿のもとには鷲が連れてきたのじゃ。どこからか飛んできた大鷲が、赤子を枇杷の木の三又になったところに置いて行ったから、よく考えると鷲の子ということかも知れん」

玉王は驚きました。これまで自分の親は右衛門だとばかり思っていたのです。なんということでしょう、ほかに生みの親がいるとは。生まれて間もない自分を鷲にさらわれてしまった親は、どんなに嘆き悲しんだかと思うと、涙があふれ、そこへ座り込んでしまいました。

(私は人として生まれたのに、父母の恩を考えずに栄華を誇っている。なんと浅ましいことだろう。大宰府に赴任するより、親の孝養をするべきだ)

そう決心しましたが、帝にはこう申し上げました。

「筑紫へ下ると、帝から遠く隔たり、お目にかかることが難しくなります。筑紫の代わりに四国を拝命すれば、近いので年に一度は参内することができます」

「大宰府は汝が治める最初の地である。召し換えるのは不憫じゃ。代官を遣わすがよい。その上で四国も任せよう」

こうして玉王は、四国に下ることを許されました。

〔五〕

四国に赴任した玉王は、まず阿波の国の頼籐右衛門を訪ね、育ててもらった礼を述べ、皆からも歓迎を受けました。それから六百人の部下に命じ、不断経（ふだんぎょう）の法要を七日七夜続けるから、二十歳以上の者はみな聴聞に来るように伝えさせました。

それを聞いた人びとは、これまで苦役に駆り出されることはあっても、このようにありがたいお勤めはなかったものだ、と喜んで集まりました。

その会場で部下の役人たちが、昔、大鷲に子をさらわれた者はいないか、と尋ねて回りましたが、誰もいませんでした。

では、阿波の国ではなかったかと、次に伊予の国を探すことにしました。玉王の生家、かつて父の長者の屋敷だったところは、すっかり荒れ果てていました。修理させて、そこでも七日七夜の不断経の聴聞を行い、人びとを集めると、大鷲に子をさらわれた者がいないか尋ねさせました。しかし、名乗り出る者がなく、玉王は悲嘆にくれました。

「もしかすると、年を取って聴聞に来ることができないのかもしれない。そのような者はおらぬか」

するると、ある役人が申し出ました。

「讃岐、阿波、伊予、土佐、四か国の境、人がめったに訪れることのない山の奥に、老爺と老婆が住んでいるそうです。その者たちかもしれません」

玉王は、急いで探し出すよう命じました。

役人が従者と二人、山の中を探し回っていくと、西の方角の山陰から一筋の煙が立ち上っているのを見つけました。行ってみるとそこに杉の大木があり、根元に大きな洞があります。その中から老爺と老婆が出てきましたが、木の幹からはがした樹皮を寄せ集めたものを衣として、まとっている有様です。

「わしらはこの山に住んで十七年になります。今日まで訪れる人もなく過ごしておりました。なんの御用でおいででしょうか」

「都から新しい国司が来られ、ありがたい不断経の聴聞に来るようおっしゃっている。急いで参れ」

「このありさまでは、とてもご聴聞などに出かけることはできません。国司様にはそのようにお伝え願います」

「ふとどきなことを申すな。この国にあって国司の御命令に背くことなど許されん」

役人は懐に入れていた縄で二人を縛ると、さあ歩け、さあ急げ、と鞭で打ちながら引き立てていきました。

役人の家にたどり着いたときには、もう夜も更けていました。役人は二人を二本の柱に向かい合わせて結い付けたのですが、松明をともして見に来た役人の父親が言いました。

「恐ろしい姿じゃ。年を取ってあの山奥に住んでいるなど、人間ではなく化け物に違いない。逃がすでないぞ」

役人は磨り臼を持ち出し、女臼を老翁に、男臼を老婆に背負わせました。二人は声をあげて泣きました。

明け方近くになり、老翁は、妻を慰めるために何か話でもしようと思い、呼びかけましたが、返事がありません。さては死んでしまったかと、涙を流しながら足を伸ばして妻に触りました。妻がかすかに息をしているのが分かると、安心して少し声を高めて言いました。

「なんの罪もない身でありながら、こんな仕打ちをされているというのに、よう眠ることができるものじゃ」

「まあ、どうして起こしたりするのですか。子を失ってから十七年になりますが、一度も夢に現れなかった玉王が、今、夢の中に現れていたのに」

「それは悪かった。で、どんな夢だったのかね」

「私たちの子は、生きている間は位の高い人であり、死んだ後は仏様になるのです。夢の中の玉王と思われる人は、十六、七に見えて、束帯を身につけ、高い峰の上に立ち、左手には日輪を、右手には月を握っていました。『私こそ、鷲にとられた玉王です。父上、母上どうぞお名乗りください』こう言ったところで夢は覚めてしまいました。あなたが起こしてしまったので」

妻が嘆けば、夫も言います。

「うらやましい。玉王のことは、お前よりも恋しいと思っているのに、どうしてお前の夢に現れて、わしの夢には現れぬのじゃ」

夫婦で嘆いているところに役人がやってきて、臼は取り去ったものの縄はそのままに、二人を国司の館へと引き立てて行きました。

そこはよく見れば、自分たちが昔住んでいた屋敷ではありませんか。

(子を失ってまた故郷に帰るのは何と悲しいことだろう。国司の命令でなければ、ここに帰ってきたりはしないのに)

夫婦は互いにそう思いながら、門前で立ち止まっておりました。

〔六〕

国司玉王は、普段は日が昇るまでは休んでいるのですが、この日は、もしかすると両親がやって来るかと思い、夜通し起きていました。

「役人は戻ってきたか」

「はい、連れてまいりました」

「ではすぐにこちらにお連れせよ」

見れば、老夫婦が縄につながれたまま、庭に引き出されています。

「なにをしている。すぐに縄を解きなさい。お前はなんということをするのだ。年を取った人は輿にでも乗せて運ぶというのに」

役人の仕業が許せない思いの玉王でしたが、ここで役人を処罰すれば、褒美を惜しんだと思われかねません。小袖三重ね、直垂、弓矢、太刀、刀などと良い馬を、褒賞として役人に与えました。けれどもこの役人は、後に追放されました。

玉王は、庭にかしこまって座っている老夫婦のところまで下りてきて、言いました。

「どうぞ上にお上がりください」

縁側の上で小さくなっている夫婦に、重ねて尋ねます。

「そもそも、人の住まない山の中に、なぜ住んでいるのですか」

「子がおらぬからでございます」

「子がなくて山に住むとは、どういうことでしょうか」

「子がなく里に住めば、二人が亡くなった後、弔ってくれる者がありません。それは恥です。山の中なら、どちらか一人が先立ったとき、死骸を木の枝で隠し、残った者が自害をして、亡くなったことを隠すことができるからです」

心がはやる玉王でしたが、まず薬酒を勧め、さらに小袖などの着物を与えました。

老爺は老婆に小声で言いました。

「このお方はまだ若いのに、役人を人払いにするほど見識の高い方じゃ。わしらが子を持っていたが、鷲に取られたと言っても、納得してくださるに違いない。この十七年の間深山に住み、湯水さえ満足に取らず、こんな見苦しい姿を、ただきらすばかりというのは情けない。子がいたことをお話ししよう」

そこで老婆は、玉王を授かったときのいきさつから、これまでのことをありのままに申し上げました。玉王は、聴きながら涙を流していましたが、急いで奥から、錦の着物を持ってきました。

「これはその子の着物ではありませんか」

老夫婦は、二人同時に声を上げました。

「これはどうしたことですか。私たちの子をお見せくださいさい、国司様」

玉王は左手に父の手を、右手に母の手を取り、泣きながら言いました。

「私こそ鷲にさらわれたその子です。父上、母上」

三人の流す涙は、まるで雨の日に屋根から落ちる玉水のようでした。

数週間すると離れの建物が出来上がり、両親が迎え入れられて、温かくもてなされました。

玉王は都に上り、帝にこの話を申し上げると、たいそう喜ばれました。

「父母を探し当て、孝行を尽くすのは立派なことである。両親をますます大切にするがよい」

【七】

父母の死後、玉王は親の恩を尊び、かつて父の屋敷があったところに社を建て、橘清政を三島大明神として祀りました。

三島大明神はこうお告げになったそうです。

『わが住まう宮の内にある枇杷の木を、粗末にしてはならない。わが子も枇杷の木に宿ってこそ、のちにめでたく栄えたのである。鷲という鳥を粗末にしてはならない。鷲は鳥の王である。わが子も鷲に取られたので、国司になることができた。また、わが玉垣の内に臼を置いてはならない。供え物にする米は、臼でつかず、爪で殻をむくように。拝殿の中に柱を立ててはならない』

この話を聞く人は、子によって神として祀られるという幸せにあやかりたいものだと思ったそうです。

（終わり）

【再話者のメモ】

一　鷲が子をさらう話は、「今昔物語集」巻第二十六に、但馬の国に於いて、鷲、若子をつかみ取ること、というのがあります。そのあらすじは次のとおりです。

昔、但馬の国、七美の郡にある一軒の家の庭から、二歳になる娘が鷲にさらわれた。十余年して、その子の父親が所用で丹後の国、加佐の郡に行ったときに、その娘と巡り合うことができた。養い親も、事情を聞くと、快く娘を実の父親に渡した。娘は両方の親を大切にした。

二　一二八三年に無住が著した仏教説話集の「沙石集」巻第五には、東大寺の良弁（ろうべん）僧正は、幼いときに鷲に連れ去られ、木の上の巣の中で鷲に育てられた、という伝説が記されています。

三　このお話は「神道集」（しんとうしゅう）の「三島大明神の事」とほぼ同じ内容です。
「神道集」は十四世紀後半に成立したと考えられる十巻の説話集で、作者は不詳です。

「神道集」に収められている説話は、このほかにも、御伽草子とよく似た内容のものがあります。

「熊野権現の事」と「熊野の本地」、「二所権現の事」と「箱根権現縁起絵巻」などです。

むらまつの物語

このお話は、地方の豪族の娘が、京から下ってきた貴公子に見初められ、その後たどる数奇な人生を描いた物語です。

御伽草子には、このような筋立ての物語が多くあります。（「明石の三郎」「師門物語」「堀江物語」など）

短編の多い御伽草子ですが、これは比較的長い作品です。

底本として、「室町時代物語大成　第十三」八二頁から一一八頁所収の「むらまつの物かたり」（江戸時代初期の写本）を用いました。

［一］

嵯峨天皇の御代（八〇九年～八二三年）のお話です。

京の五条壬生に、二位の大納言兼氏という公卿がおり、摂津、播磨、近江三か国を領していました。何事につけても不満はありませんでしたが、三十歳になるのに、一人の子もいないことだけを残念に思っていました。

ある日、御台所に言いました。

「白銀、黄金、綾錦はこの世ばかりの宝じゃ。われらが亡くなったあと、誰が弔ってくれるだろうか。男子にても女子にても、子を一人産んでくれないか」

「昔も今も、神仏にお祈りすれば願いが叶うと申します。日吉（滋賀県大津市にある神社）に参詣してお願いしましょう」

二人が日吉の八王子に籠り、心を込めて祈ると、八日目に大納言の枕上に、八十歳位の老僧が立たれ、大納言が蓮華（ハスの花）のつぼみをいただいたところで、夢が覚めました。

それから九月経ち、御台所はまことに健やかな若君を産みました。蓮華をいただいた夢を見たことに因み、蓮華王御前と名づけられました。

大納言夫妻は、日吉神社の上中下の社壇と、日吉山王七社権現の十禅師から八王子への道を造り替え、かわらの庄の収穫を十年間献上することにしました。子宝を得るために神様と結んだ約束を果たすことにしたのです。

若君は七歳で仮烏帽子（仮元服）し兼家と名乗りました。十年後、文字をはじめ、詩歌管弦の道や武術にも秀でている、という噂は帝にも届き、早く参内させよ、とのお言葉でした。

公卿の装束で参内すると、帝を始めお后や局の女房たちが、こぞって若君の容姿を賞賛しました。帝はすぐに侍従の位を与え、翌年の春には少将、秋には中将、さらにその年の暮れには二位の中納言にまでされたのでした。それでもまだ足りないと思われたのか、ひと月の内、上の十五日は内裏に詰め、下の十五日は屋敷に戻ることを許されました。

帝はやがて、この若君にふさわしい北の方を娶らせようとされ、大宮大納言に、翌年入内することに定まっていた姫君の婿にするよう命じられました。

ところが姫君は、入内するはずだったところを中納言の妻にされるのですから、気が進みません。不承不承、壬生の屋敷に輿入れしました。それなのに、中納言が姫君の部屋を訪れたのは、輿入れから何日も経ってからのことでした。

やっと中納言が訪れると、今度は姫君の方が、中納言を無視してしまいました。

中納言は姫君を里に戻らせました。すると姫君は、わずか十三歳にして出家し、嵯峨野に引きこもってしまいました。

中納言はこの話を聞くと、姫君の潔さに感心するだけでなく、自分も出家したいと言い出しました。

帝は心配なさって、新に姫を探させましたが、ふさわしい姫は見つかりません。

「国司として地方に赴任させれば、せめてもの慰めになるであろう。相模の国は人の心も優しいと聞く。下って慰めにするがよい」

父の大納言は、遠慮がちに申し上げました。

「お言葉ではございますが、中納言は私が日吉にお参りして授かった、たった一人の子でございます。三年にもわたる長い任期の間、会えないのはとても耐えられません」

「もっともである。大納言にも武蔵の国を任せよう。一緒に下るがよい」

こうして、大納言、中納言父子は揃って、武蔵、相模の任地へと下ることになったのでした。

【三】

相模の国では、地元の武士である三浦、土屋、岡崎、真田、相馬などの面々二千余騎が、新国司の就任を祝うために集まりました。

また、武蔵の国の武士たちも、秩父、小山田、葛西などから馳せ集い、その勢も二千騎ほどでした。一同は広い芝の原に車座となり、七日にも及ぶ酒宴を始めました。

そのにぎやかな宴席で、一人黙々と杯を重ねる男の姿があります。中納言はその男が気になり、地元の武士に尋ねました。

「クチナシ染の水干に、葛布（くずふ）の袴、立て烏帽子を身につけたあの男は、立ち居振る舞いが優雅だが、どういう人物なのか」

「あの方は、三代前の国司だった唐橋の中将が、当国の住人、大井の左衛門殿の婿となられ、その御子です。田舎生まれでは都に連れていくわけにもいかないと、そのまま当地に捨て置かれました。祖父である左衛門殿が養育され、大磯の村松殿と呼ばれております」

「ああ、そういう生い立ちの人なら納得できる」

そこで中納言は村松を呼びました。

「むらまつ、というのはこれまで聞いたことのない珍しい名字だ。先祖から伝わる名か、それとも自分で気に入って付けたものか、あるいは領地の地名が村松なのか」

「先祖からの名ではございません。祖父が松を好み、四方に四千本の松を植え、その中に住んでいるため、道行く人々が、立派な叢松（むらまつ）だ、見事な叢松だ、と言って通るので、地元の者たちもそれに倣い、次第に、村松となったものでございます」

「それはさぞ立派なものだろう。松は千年の齢を保つという。ぜひとも見たいものだ」

帰宅した村松は、妻に言いました。

「新しい国司殿が、わが屋敷を見たいと言っておられる。このような田舎でも、ちゃんとした住まいがあることをお見せしよう」

さっそく敷地の周りに堀を巡らし、桜、柳、楓、梅などの木々を植え、庭を整えました。さらに新しい建物を建て、特に国司を迎えるための御殿には、天井に紺地の錦を、梁、長押には紫の錦を張りました。また置物として琵琶を一面、琴を一張飾り、八十日かけて立派にしつらえたのでした。

この屋敷を訪れた大納言、中納言父子は感嘆しました。

「都にもこのような立派な屋敷はない。このたび国司としての在任は三年だ。新たに住まいを造るとなると、この国の負担になってしまう。在任中、この屋敷を貸してもらいたい」

国司の頼みを断ることはできません。致し方なく、村松は屋敷の北、五町ほど奥まったところに住まいを新築し、住むことにしました。

【三】

かくしてこの年は暮れ、翌年の春になりました。梅は散り、桜の花が満開になったときのことです。中納言は、腹心の部下である蔵人を呼んで言いました。

「この国は美人が多いところと聞いていたが、女性の姿を目にすることがなくて残念だ」

「それはおやすいことでございます。お祝いの舞を催し、身分にかかわらず、四十歳までの女性は必ず見物に来るよう命じられればよろしいのです。もし命令に背いて来ないなら罰せられると、高札をかけましょう」

これまで国司の命令といえば、労役を強いることばかりだったのに、今度の国司は舞を見物せよ、見なければ科となる、ということで、我も我もとやって来ました。

中納言は、御簾の陰からその様子を見ていましたが、七日の催しの間に、目に留まる女性は一人もありませんでした。

ところが七月になると、不思議なことが起こりました。一枚の梶（カジ）の葉が中納言の前に飛んできたのです。そこには見事な筆跡で、一首の和歌が認められていました。

それはちょうど七月七日、七夕の宵のことです。梶の葉に和歌を書いて供えるという優雅な行いをすることと、その筆跡が見事であることとに興味をひかれた中納言は、書いた人を探すように命じました。家来が屋敷の中を探しましたが、見つけることはできませんでした。

実は、村松には、十六歳になる大切な姫がいました。国一番の美人ですが、国司の目に触れないよう、たくさんの侍女をつけて、ひっそりと隠していたのです。この日は七夕で、梶の葉に和歌を書き、硯の蓋に置いたところ、どうしたことか風が吹き飛ばしてしまいました。

梶の葉の主に心を惹かれた中納言は、その夜、女物の衣を被り、一人で北の方角を訪ねて行きました。凧は北から吹いていた、と蔵人から聞いたからです。

北に進むと、新しく建てられた家があります。門の中にそっと入ると、奥から琴の音が聞こえてきました。

近づいていくと、七、八人の女性たちが縁側に出ているのが見えます。一人の若い娘が、萩や女郎花の咲きそろった庭に降りてきました。手にした萩の一枝を月にかざして、軽やかに舞い始めた姿はまるで天女のようです。そこへ年かさの女房がやって来ました。

「まあ姫様、何ということをなさっているのですか。今度の国司は都第一の色好みということでございます。春の御賀の舞も、女性をご覧になるための催しでございました。それゆえこうして、深くお隠ししているのです。庭に降りて舞うなど、とんでもないことでございますよ」

叱られた姫は、しおしおと部屋の中に入っていきました。年かさの女房も
「まったく、国司なんか早く京へ帰ればいいのに」

と呟き、急いで中に戻っていきました。

夜の明けるのを待ちかね、中納言は蔵人を呼ぶと、村松を連れてくるように伝えました。

村松は中納言の前に呼び出され、姫を差し出すよう命じられました。

重い気持ちで帰宅すると、妻に話しました。

「国司殿は都に戻る方ですから、捨てられる姫が哀れです」

「だから、人目に触れぬよう隠しておいたのだが。国司殿の命令に背くことはできまい」

致し方なく、差し出すことになりました。

輿入れのときに姫は、萩、女郎花の十二単に桔梗の上着、濃い紅の袴で装いました。焚きしめた香の、よい香りが辺りに満ちています。その姿を見た中納言は、都にもこれほど美しい人はいない、とすっかり魅了されました。

二人の仲は睦まじく、やがて若君が誕生し、一若御前と名づけられました。


三年の任期はまたたくまに過ぎ、いつしか五年もの歳月がたっていました。

帝は、寵愛する中納言が恋しくなられ、すぐに都に戻るよう使いを差し向けられました。

武蔵から父の大納言が訪れ、ともに京へ上ることを勧めましたが、中納言は愛する妻子と別れることができません。

「わしもお前を日吉の神にお願いして授かり、愛おしくて別れがたかったので、こうして共に国司として下ったのじゃ。お前の気持ちはよくわかる。帝へは、年が明ければすぐに参内するので、もう少しのご猶予をいただきたいとお願いしてみよう」

〔四〕

大納言は都に戻るとすぐ、帝に拝謁しました。ところが帝は、待ちかねていた中納言の姿がないことで、たいへん立腹なさいました。

「三年の任期を、勝手に五年にまで延ばした上に、この度の宣旨に背くなどもってのほか。大納言も同罪である。隠岐へ流せ」

大納言は、身につけていた立派な装束をはぎ取られ、罪人の白い着物を着せられました。愛しい中納言やその妻子のことを想うと切なく、涙を流しつつ、隠岐へ送られていきました。

相模の中納言のもとには、都から急使が差し向けられ、宣旨が伝えられました。

思いがけない別れに、姫は

「お心変わりでお別れなさるのではございません。どうぞ配所にお連れくださいませ」と訴えますが、中納言は

「罪人は妻や子を伴うことなどできないのだ。配所で命を失うこともあるだろう。そのときは、一若が七歳になったときに僧にして、後世を弔わせてほしい」と言い残し、馬に乗せられていきました。

姫は普段、人目に触れないよう奥深く暮らしていましたが、通りの角まで出て、後を追いました。それを侍女たちが抱えて内へ戻しました。

村松は、中納言とここで別れたら、これからいつまた会えるかわからない、と小田原まで送りました。

「重い罪というわけではございませんから、お許しが出る日もあるにちがいありません。そのときは、また相模においでください」

二人は互いに見返りながら別れました。

馬も重い足取りではありましたが、ようやく大津に着きました。罪人であるため京に上ることは許されず、山科から伏見、そこからは淀川の船に乗せられ、隠岐へと送られていきました。

隠岐では、先に送られていた大納言が待っていました。

二人は、隠岐の島にそびえる険しい山を比叡の山に見立て、そのふもとに日吉神社になぞらえた祠を建てると、都に戻ることができますようにと、祈る日々を送りました。

[五]

一方、相模の村松の家は、一大事に見舞われました。

曽我四郎祐正という男が、先年妻に先立たれ、その嘆きは深く、出家したいと望んでいましたが、一門が集まる席でこう諭されました。

「いつまでふさいでおるのだ。新しく妻を迎え、子孫が絶えぬようにするべきではないか。ちょうど村松の娘が、国司に捨てられ嘆いておる。器量がよいので国司が気に入ったのだから、妻にしても不足はあるまい」

曽我は村松に文を届けましたが、村松は腹を立て、散々に破り捨てました。

曽我も懲りずに七通の文を送りましたが、一通の返事もありませんでした。面目をつぶされた曽我は、武士の名折れと感じ、そのまま引き下がることができません。

一族郎党八千七百余騎を集め、十二月二十九日に村松の屋敷を取り囲みました。

しかし村松の守りは堅く、勝敗は正月十五日になっても決しませんでした。

曽我方は、兵を入れ替え入れ替えして戦うのに対し、取り囲まれている村松方は、次第に兵力を削がれていきました。

村松が
「戦が長引けば兵の損失は必定。早く勝負を決めねばならん」と言うと、大力の剛の者として知られる弟の七郎も、大長刀を地面に突いて言いました。

「兄上、そのとおりです。堀に橋を渡しましょう」

七郎は、堀に橋を架けさせました。敵方が橋を渡って攻め込むのを見計らい、次々に矢を射かけ、橋から落ちる敵兵の数は、四十六人にもなりました。それにもひるまず敵兵が討ち入ると、七郎は、今度は長刀で立ち向かい、討たれて堀に落ちる敵兵の数は数えきれないほどでした。

しかし、やぐらの上で戦の指揮を執っている村松は、首に矢を受けてしまったのです。

傷が致命的と分かった村松は、七郎を近づけて言いました。

「敵の手にかかるより、ここで腹を切る。防ぎ矢を射てくれ」

それから姫に、こう言い残しました。

「何としても曽我の手に渡るな。ここからひそかに逃れ、都に上り、五条壬生の大納言殿の御台所にお会いして、中納言殿の生死を聞け。若君は祖母君の許で育てていただき、僧にして我らの後生を弔わせてほしい。もし中納言殿がご存命とわかれば、それを頼りにお待ちせよ。姫と別れるのが名残惜しい」

村松は西を向き、念仏を百回唱えると、切腹しました。四十二歳でした。村松の妻も後を追いました。

見届けた七郎は、座敷の畳や障子に火をつけ、広縁に出て腹を十文字に切りましたが、死に切れません。そこではらわたを引き出し、太刀を口にくわえ、うつぶして息絶えました。

屋敷から煙が立ち上るのを見た敵兵は、一気に攻め込みました。

〔六〕

若君を抱いた姫は、松や竹の陰に身を隠していましたが、屋敷が燃え尽き、敵がみな引き上げるのを見届けると、そっと動き始めました。

屋敷の傍に、忠太という厩番の家がありました。姫が戸をそっと叩くと、忠太が出てきました。

「助けてください」

「姫ほど不幸な方はありませんな。大納言、中納言殿が島流しにされ、父上、母上が命をなくされたのも、みな姫のせいです。そのような運の悪いお方を、内にお入れすることはできません。どこへでもお行きなさい」

頼りになるかと思っていた者さえこの態度なら、他に頼む人などありません。姫は、大山に向かいました。

忠太は姫の受け入れを断っただけではなく、なんと、追い出した姫は大山に逃れたので後を追うよう、曽我に告げ口をしたのです。

「知らなければそのままにしておいたが、国一番の器量よしじゃ。追いかけて捕まえよ」

曽我の命を受けた追手が、姫を追いました。

正月十五日のことですから、雪が深く積もっています。歩き慣れない姫の足からは血が滲み、足跡をたどるのはたやすいことでした。

姫は背後に追手の気配を感じていました。ちょうど墓地があったので、三昧堂の中に入っていくと、新しい棺桶があります。その中に入り込み、若君と一緒に身を潜めて蓋をしました。

そうして御仏に祈りました。

「お願いです。若君を敵の手に渡すわけにはいきません。どうかお助けください」

追手はすぐにこの墓地にやってきました。

「どこへ隠れたか。まずは三昧堂を探せ」

「姿は見えません」

「ではこの棺桶が怪しいぞ。蓋を開けて見よ」

男たちの荒々しい声に驚いて、若君が一声泣き声をあげました。

まさに蓋が外されようとしたときです。追手の中に、かつて村松に奉公していた源八という男がいました。姫の身の上を思うと、気の毒でなりません。

「あいや、殿ばら、しばしお待ちを。今の泣き声を本当の童の声と思われますか。このような古い墓地には、難産で死んだ女の亡霊と言われる『うぶめ』がおり、こんなときに泣くと言われております。一度『うぶめ』に取り付かれたら最後、どのようにしても振り放すことができず、ついには取り殺されてしまうそうです。また不浄のものに手をかければ七日間は汚れます。年の初めでもありますから、関わらぬ方がよろしいですぞ」

それを聞いた追手たちは怖気づき、慌てて去って行きました。

姫は、棺から出ると墓地を離れました。

七日ほど歩くと、ある僧が説法をしているところに行き合いました。本来なら、亡き両親の初七日の供養を執り行う日です。そこで、着ていた着物の一枚を脱いで差し出しました。

僧は優しく言いました。

「この結縁により、ご両親は必ず成仏なさいましょう」

姫は、この言葉を何よりうれしく思いました。

それからおよそひと月かけて、ようやく大津の浦にたどり着きました。

一夜の宿を求めたのは、長英という男の家でした。このとき姫にはわからなかったのですが、主人の長英は人買いでした。いかにも親切そうに、姫の身の上を聞き出そうとしましたが、姫は巧みに身分を偽りました。

「私は相模の国の者です。都から下ってこられた国司様の厩番と結ばれ、この子をもうけました。夫は国司様とともに都に上ってしまいましたが、この子が父を恋しがりますので、訪ねようとしております」

「それは難儀なことよ。ここから都までの道は難所が多く、子連れの女人が歩いて行くのはまず無理じゃ。舟で行きなされ」

翌朝、姫と若君を乗せた舟は都を背に、比叡の山や比良の嶽を左手に見て琵琶湖を進み、海津の浦に着きました。

そこから姫は馬に乗せられ、敦賀の津まで運ばれました。しかし、姫はまだ騙されていることに気づきません。

敦賀の宿に入り、部屋で休んでいたところ、隣の部屋の話し声が聞こえてきます。

「あの女、見目はよいが子持ちじゃから、高くは売れぬのう」

「それならたやすいことじゃ。次に舟に乗せるときに、過ったふりをして子を海に落とせばよいのじゃ」

驚いた姫は障子を開け、言いました。

「ひどいことをおっしゃいます。たとえ都に着くことができなくても、この子と一緒ならどこへでも参ります。命さえあるならば、いくらでなりともお売りなさい」

大津の人買い長英は、絹十疋で姫を売り、大津に戻っていきました。

姫は敦賀から越後へと売られていきました。

越後の直井では、四郎という商人が姫を見て、ただの女人ではないことに気づきました。四郎は陸奥の国に、竹井殿という富裕な人があることを思い出しました。竹井殿は器量のよい女なら値段に拘わらず買い取る、という評判でした。

そこで、姫を身綺麗に着替えさせて馬に乗せ、若君は従者に背負わせ、陸奥の竹井殿のもとへと向かいました。

姫が着いたとき、竹井殿はちょうど縁側を歩きながら経を唱えているところでした。

直井の商人が女人を越後からはるばる連れてきたと聞くと、それは買い取ることを信じているに違いない、値切るなど見苦しいことをしてはならない、と屋敷の家政を掌る後見（うしろみ）の大夫に申し渡しました。

直井の四郎は、毛皮三枚、巻き絹十疋に加え、姫の衣装代として絹三十疋などを得て、よい商売をしたことを喜び、帰っていきました。

〔七〕

竹井殿は、このような美しい姫を買い取って屋敷に置くことは、妻の承諾なしにはできないと考え、妻に伺いをたてました。

姫を見た妻は、竹井殿に言いました。

「長旅にやつれてはおられますが、髪のかかり具合、姿形、どこをとっても普通の人とは違い、たいへん優れたお方です。若君も輝く珠のようにきれいでいらっしゃいます。どうしてこんなところにまで、売られてこられたのかと尋ねると、相模の国から京へ夫を訪ねて上る途中、大津で人買いに捉えられた、とのことでございます。年もまだ二十にはなっておられないでしょう。大切におもてなしいたしましょう」

姫に同情して涙ぐむ妻でした。

姫は「まれ人（客人）」と呼ばれ、日当たりの良い部屋に、侍女を五人もつけられ、穏やかに過ごすことができました。

気が付けば、三年の月日が経っていました。本来なら亡き父母のために、盛大な供養をするべきです。姫は文机に向かい一心に経文の書写をしました。その姿を見た竹井殿は、女人の身で写経するのはまれである、どのような生い立ちをした人かと、考えるうちに、だんだん姫のことが頭から離れなくなってしまいました。それはつまり恋でした。

次第に食事もとれなくなった竹井殿を、妻はたいそう心配して、医者を呼び治療をさせましたが、症状に変わりはありません。

妻は、お宮に籠って祈るために、山に上っていきました。

その留守に、竹井殿は、想いを記した文を侍女の小笹に持たせて、姫に届けさせました。

姫は心を痛めながら返事を書きました。

『私は相模の国の者でございます。国司として下られた中納言殿の家来、源七という者と結ばれ、子をもうけました。中納言殿が私に心をかけられ、夫を殺させました。従うよう迫る中納言殿から逃れるため、ここまでさまよい参ったのでございます。いつの日か国に帰り、夫の無念を晴らさずには死ねません。この三年間のご恩を忘れることはございません。意に沿わぬ者と思われるなら、どこへでもお売りください』

小笹からこの文を受け取った竹井殿は、姫の心を悩ませたことを申し訳なく思いました。分別を取り戻した竹井殿の恋心は冷めました。

山から戻った妻は、竹井殿が元気になったことを喜びました。

ところが、小笹はこう告げ口したのです。

「奥方様の留守の間に、殿はまれ人のもとにたびたびお通いになりました」

「何と。この三年の間、客人として大切にもてなして参ったものを。陰でこそこそと。あの女を下働きにせよ」

奥方の命を受けた後見の大夫は、姫の豊かな黒髪を肩のあたりで切り取ると、綺麗な着物をはぎ取って、粗末な麻の衣を着せました。姫は台所に追いやられ、三十六頭の馬と牛の水を汲むよう命じられました。姫は、片時も離れない若君の手を引いて、水を汲むのでした。

時は卯月、田植が終わり、田の草を取る仕事が増えました。そんな辛い日々に、恋しい人は夢にさえ現れません。前世でどんな罪があって、このような目に遭うのかと、涙が尽きない姫でした。

〔八〕

そのころ都では、帝のお妃が身ごもっておられました。ところが、産み月が過ぎ、十三か月になってもお産の気配がありません。お妃の苦痛は日増しに強まり、名だたる高僧たちに祈らせても、効果はありません。

そこで占いの博士が召されました。

「これは、大罪ではない者が流罪になっていることを、日吉山王権現がお怒りになっておられるからでございます」

お妃の父君である大将殿は驚き、すぐに日吉に参詣しました。すると、おびただしい数の猿が集まり、父君の烏帽子を奪い取り、着物を散々に引き破ってしまいました。

ちょうどそのとき、西国から流れ歩いてきた巫女に、権現が乗り移り

「大罪でもない者を何故隠岐に流したか。召し返せば喜びとなろう」とお告げになりました。

大将殿はこの一連の出来事を、急いで帝に申し上げました。帝は大そう驚かれ、赦免の使者を隠岐に差し向けられました。

そうして、大納言、中納言父子は、都に戻ることができました。

戻った中納言は、母君に、相模の様子を尋ねました。母君は、村松が曽我に討たれ、姫と若君は都に上る途中で行方知れずになってしまった、と教えました。

中納言は、家来の蔵人に語りました。

「隠岐では、ひたすら、わが子と妻に再会することを頼みに生きていた。こうなれば出家して二人の後生を弔いたい」

「何をおっしゃいます。お心を強くお持ちください。我が国は、天竺のように十六の大国、五百の中国があるというわけではございません。わずかに、南は熊野、西は九州、四国、北は酒田、外の浜、東は坂東八か国、たったこれだけの範囲に過ぎません。お命の限りに訪ねていけば、巡り会えないことはございません」

その心強い言葉に力を得て、蔵人と二人で諸国を巡り、探し出そうと決心しました。

直衣、冠を脱ぎ捨て、直垂に烏帽子、藁沓をまとい、千駄櫃にさまざまな品物を詰め、商人の姿に身をやつし、まずは北から巡ることにしました。蔵人の、『馬は南で果てる、人は北で果てる』と言った言葉に従ったからです。

京を出たのは正月末のことでした。大津、海津、越前と進みましたが、手掛かりを得ることはできませんでした。さらに、加賀、越中、越後、信濃と巡りましたが、見つかりません。

続いて、出羽から陸奥の国へ入りましたが、恋しい人に巡り会うことはできません。

「残念だ。いったん都に戻り、今度は西国を巡ってみよう」

「そのとおりでございます。でも、まだ『けつそ』の郡、『もとよし』の郡を訪れておりません。それからにいたしましょう」

二人は村里を行き過ぎ、大きな松が三本生えている道のほとりで、しばらく休みました。


一方、姫は竹井殿の館で、まれ人としてもてなされて三年、酷使されて三年、合わせて六年過ごしていました。若君も九歳になっています。二人は、中納言が休んでいる場所から少し離れた田で、草を取っていました。後見の大夫は、年端もいかない若君に鎌を持たせ、草を刈るよう命じていました。

頃は六月、強い日差しが照りつけます。若君は疲れて畔に横たわり、まどろんでいました。姫は、その顔に破れ笠を載せてやり、自身は流れる汗を手で拭いながら、ひたすら田の草を取るのでした。

仲間の者が、後見の大夫が見回りに来るから起きろ、と若君を起こしました。すると、若君は泣きだしました。

「今ちょうど夢を見ていました。七十歳くらいのお坊様が枕上に立たれ、父が恋しければこの橋を渡れ、とおっしゃるので、その手に取り付き、橋に足をかけるのですが、その橋があまりに高いところにあるので、足がすくんでしまいました。これは何という名の橋ですかと尋ねると、これこそ夢の浮橋というものじゃ、私はお前の父を守る者、父と同じくお前たちをも守っておる、橋を渡るがよい、と手を引かれ、三歩進んだところで、起こされてしまいました。もうすこしで父上に会えるところだったのに、悲しくてなりません。もうこの世でお会いすることは、できないにちがいありません」

それを聞いた姫も、涙を流しました。

「何とうらやましいこと。母は、恋しい方のお姿を夢にでも見せてくださるよう、朝夕御仏にお祈りしているのに、一度も見せてはいただけないのですよ」

二人が悲しんでいるところに、後見の大夫が現れました。

「お前たちは仕事もせず、何を泣いておる」

大夫は持っていた杖を振り上げ、若君を打ちました。

「この子に科はありません。打つなら私を」

姫は若君をかばいました。

離れた松の陰からこの様子を見ていた中納言は、涙ぐみました。ちょうど昼時で、蔵人が干駄櫃から干し飯を取り出したところでした。中納言は、大夫がいなくなるのを見届け、蔵人に言いました。

「あそこで幼い者が泣いている。この干し飯を食べさせてやりたい。連れてきてくれ」

やってきた若君に、中納言は自分の食器に入れた干し飯を差し出しました。しかし若君は食べません。訳を聞かれると、泣きながら言いました。

「人様から食べ物をいただきながら、このようなことを言うのはたいへん気が引けるのですが、あそこで田の草を取っている母は、今日まだ一度も食べ物を口にしていません。どんなに辛いかと思うと、胸が一杯で食べることができないのです」

「幼い身でそのように母を思うとは、なんともいじらしいことだ。早く食べなさい、母御にも上げるから。私にも子があり、お前と同じくらいだが、父はおらぬのか、母はなぜ田で草を取っているのか」

「詳しく申し上げることはできません」

「訳があるに違いないが、言ってごらん」

若君は遠慮がちに言いました。

「わたしたちは、京にゆかりのある者でございます」

「わしは京の者じゃ。ゆかりの者にことづてしてやろう」

「五条壬生の中納言殿が、相模の国司となって下られたときの子で、一若と申します。母とともに竹井殿に買い取られ、ここにいるのです」

「なんと。それでは、お前は、一若か。私が、父の中納言じゃ」

二人の驚きと喜びは、言葉にならないほどでした。中納言は重ねて尋ねました。

「その鎌はなんのために持っているのか」

「草を刈るためです」

「このような幼い者に危ない仕事をさせるだけでなく、先ほどのように杖で打つなど、許しがたい。ところで母御はどこじゃ」

若君は、中納言の手を引き、姫のいる田に急いで連れて行きました。姫はひじに籠をかけ、なぎの葉を摘んでいました。

中納言は田の中に走りこみました。中納言を見た姫は、はっと驚き、急いで袖で顔を隠しました。みじめな姿が恥ずかしかったからです。しかし、中納言は姫の手を離しませんでした。

しばらくして、皆が落ち着いたところで、蔵人が竹井殿の館に行き、こう命じました。

「このたび、二位の中納言殿が都から下られた。乗り物と、北の方のために十二単と紅の袴を準備せよ」

中納言は、千駄櫃に納めていた衣装に着替えました。竹井殿が差し出した着物を着た姫は、迎えの乗り物で竹井殿の屋敷に向かいました。

北の方を見た竹井殿は、あっと驚きました。それはここ三年酷使していた姫だったからです。

中納言は、畏れ入ってひれ伏す竹井殿に言いました。

「汝が買い留めてくれたので巡り会うことができた。しかし、なぜ酷い仕打ちをしたのか」

「申し訳ございません。妻が侍女の言葉を信じたからでございます」

侍女の小笹は呼び出され、罰として舌を抜かれました。また、後見の大夫は捕らえられ、その邪険な仕打ちが罪に問われました。そして、壺に入れられ、のこぎりで首を挽かれました。

十日ほど竹井殿の館で休養したあと、姫と若君は輿で、中納言は馬で、都に上りました。

途中、大津の浦では人買い長英を捕らえ、その罪を糺して、首を刎ねました。

一行が五条壬生に到着すると、大納言は喜んで、帝にご報告しました。帝もたいへんお喜びになり、節会を催して、若君に少将の位を下されました。

村松の仇を討つために、中納言が帝にお暇を願い出たところ、武蔵と相模の国司に任じられました。

家来二百名に、武蔵と相模の武士併せて十万余騎が曽我の館を取り囲みました。

曽我は必死に防戦しましたが、館に火をかけられ、切腹して亡くなりました。村松にした報いが返ってきたのだと、人びとが噂しました。

また、姫を追い出した忠太も探し出されて、死罪となりました。

一方、墓地で機転をもって姫の窮地を救った源八は、僧たちの世話役にされました。

中納言は、かつて村松の館があったところに屋敷を造り、村松を弔うために、高いところに塔を建てました。深い谷には橋を架け、川には舟を浮かべるなど、善い政で国を治めました。

この草子を読まれる人は、構えて邪険な気持ちを捨て、憐れみの心をお持ちなさい。情けは人のためにあらず、と言われております。


（終わり）

【再話者のメモ】

一　日吉神社は、滋賀県大津市坂本にあり、近江の国の一の宮でした。現在は日吉大社と称され、日吉を「ひよし」と読みますが、かつては「ひえ」とも読みました。全国の日吉、日枝、山王神社の総本山で、通称として、山王権現とも呼ばれます。日吉大社では、猿が神の使いと考えられ、神猿（まさる）と言われます。

織田信長の比叡山焼き討ち（一五七一年）により、神社は灰燼に帰しましたが、豊臣秀吉と徳川家康により復興されました。

二　平安時代から、七夕の宵に梶の葉に和歌を書いて、供える風習がありました。

虚子編「新歳時記　増訂版」（三省堂　一九七八年）四八五頁には、次のように書かれています。

「**梶の葉**　星祭の時、七枚の梶の葉に歌を書いて星に手向ける。昔は七夕の前日に市中を売り歩いたものである。梶の木は桑科の落葉喬木で高さ二・三丈にも及ぶ。心臓形の葉をつける。」

天狗の内裏

この物語は、源義経に関わる作品の一つです。

京の五条の橋の上で弁慶が辻斬りをして刀を奪うのが通説となっていますが、それは文部省唱歌「牛若丸」（作詞・作曲者不明　一九一一年）によるところが大きいと考えられます。

この話では源義経の方が、天上の父の命で辻斬りをする設定になっています。


底本として、「室町時代物語大成　第九」　五五一頁から五七五頁所収の「天狗の内裏」（永正・大永頃の古写本）を用いました。

【一】

昔のお話です。

さるほどに、牛若君は七歳から、鞍馬の寺に上り、学問に専念しました。

もとより、この君は、毘沙門天の再誕といわれる若君ですから、七歳で法華経八巻を読誦し、八歳からは大般若経六百巻、倶舎経三十巻をはじめ、華厳、阿含、般若など七千余巻の経文を学びました。

また、文学では源氏、狭衣、硯破、古今、万葉、伊勢物語、百余帖のくさづくし、八十二帖の虫づくし、などなど二百二十四巻を読み終えました。

けれども、十三歳になったある日、庭に咲く花を見て思ったのです。

（花も咲けば散る。人の命も限りあるもの。ご先祖の八幡太郎義家は十五歳の時に門出なされ、名を天下に上げられたと聞く。私も畏れ多いが、先祖に倣い十五歳で門出すべき身である。十五歳まで徒に日を送るのは無念だ。この山にあるという『天狗の内裏』を探してみよう）

そうして、雨の降る夜も、降らぬ日も、風の立つ日も、立たぬ夜も、百日百夜、山中を探し回りましたが、見つけることはできませんでした。

そこで、牛若君は毘沙門堂に籠り、天狗の内裏を見つけさせてくださいと、心を込めて祈りました。その甲斐があったのでしょう。毘沙門天は八十歳余りの翁の姿となって、牛若君の枕上に立たれました。

「いかに牛若よ、まことに、汝は天狗の内裏を探し当てたいと望んでおるのか。その儀ならば明日、御坂口に出て待つがよい。わしが教えてやろう」

こう言うと、かき消すようにお姿が見えなくなりました。

翌日、牛若君が御坂口で、今や遅しと待ち構えていると、毘沙門天が今度は二十歳ぐらいの法師の姿となって現れ、こう教えてくださいました。

「ここから山に登って行くと、やがて五色の土が現れるであろう。左手に白い土を、右手には赤い土を見て、青い土、黒い土、さらに黄色い土を踏みつけて行けば、必ずや天狗の内裏にたどり着くことができよう」

[二]

牛若君が山道を登ると、その言葉どおりに五色の土が見えてきました。

(私はこの百日余り、山々をくまなく探し回ったが、全くこのようなものに出合うことはなかった。これは御仏の利生にほかなるまい)

道を急ぐと、まことに天狗の内裏の門が見えてきました。

第一の門は石で築かれ、その周りの石塀は八十余丈の高さがあります。

第二の門は黒鉄で築かれ、その周りの黒鉄塀は六十余丈の高さです。

第三の門は白銀で築かれ、その周りの白銀塀は四十余丈の高さで、陽を受けて輝いています。

さらにその内側には黄金の門があり、三十余丈の黄金塀が囲んでいます。中に入ると、地面には金銀の砂が敷き詰められ、牛若君が進む足もとで、さらさらと鳴りました。

館の造りを見ると、柾目の通った檜やサワラに、金銀が散りばめられています。

御殿の階段を昇ったところに、天狗の納言、宰相、武士たちがずらりと居並ぶ座敷がありました。

天狗たちは驚いて、口々に声をあげました。

「上代にも末代にも、人間がこの内裏に来たことはない。お前は何者じゃ」

「私はこの山で学問をしている者です。今日は稚児たち七十五人のうちの花の番に当たり、花を探しているうちに、こちらの内裏に行き当たりました。これは薬師如来、阿弥陀如来、またはお釈迦様のお住まいか、などと考えながら、入り込んでしまいました。どうかこの御殿の帝にお目にかからせてください」

おおよそ納得した天狗たちは、紫宸殿の大天狗に申し上げることにしました。

大天狗はもとより神通力を持っていますから、驚くこともなく言いました。

「それは源氏の忘れ形見の牛若君に違いない。失礼があってはならんぞ」

念のため、障子の隙間から牛若君の姿を確認した大天狗の命令で、お迎えする座敷の大掃除が始まりました。

小天狗百人ほどが忙しく立ち働き、障子、屏風を取り換えるやら、畳においては、繧繝、高麗、錦、紫、小紋、繻子などで縁を飾ったものをびっしり敷き詰めるやら、大忙しです。さらに座敷の中央には豹、虎、ラッコの皮の縁を白銀や黄金の糸でかがった敷物が置かれました。

大天狗は牛若君を招じ入れると、自分は畳三枚ほどの下座に着き、三度伏し拝み、小天狗一人を呼び、こう命じました。

「愛宕山の太郎坊、比叡山の次郎坊、高野山の三郎坊、那智の山の四郎坊、神の倉の豊前坊に、珍しい客人がお越しゆえ、すぐにおいでを乞う、と伝えよ」

さすがに天狗のこと、その言葉が終わると間もなく、五人の天狗がそれぞれ伴を連れて現れました。

酒宴が始まり、座が華やかになると、大天狗は興に乗ったか、再び小天狗に命じました。

「大唐のほうこう坊、天竺の日輪坊にもお出でいただきたいと伝えよ」

この二人の天狗は、筑紫の国の英彦山で双六をしているところでした。大天狗の誘いを受けると、これもまたたく間に、百人ばかりの伴を引き連れてやってきて、酒宴に加わりました。

宴も半ばになると、大天狗は客の天狗に、秘技を披露してほしいと頼みました。

それにまず応えたのがほうこう坊です。いったん隣室に姿を消した後、間仕切の障子をさらりと開け、異国の景色を出現させました。

「ご覧あれ。これは大唐の径山寺（きんざんじ）。このように細い綱で吊り下げた鐘を高麗国の撞木で衝くのでござる」

次に、天竺の日輪坊も、間仕切の障子をさらりと開けて、雲と雲を結ぶ橋を架けるなどの光景を披露しました。

太郎坊たち五人の天狗も、先祖から伝わる兵法を見せようと、鳥の姿になり、霞に乗って飛びあがり、四十二巻の天狗の兵法を余すところなく、牛若君のお目にかけたのでした。

大天狗はそれから、牛若君を別室に招き入れました。

「これからご覧になることは、決して口外なされませんように。もし誰かに語ることでもあれば、天罰が下り、お命も尽きます。五天竺の景色をお目にかけましょう」

東の障子を開けると、東城国七百六十余州が一目で見渡せました。南の障子を開ければ、南天竺七百六十余州、西の障子を開ければ西天竺七百六十余州、北の障子を開ければ北天竺の水の流れと、中天竺の景色を一望のもとに眺めることができました。

そのすべては小天狗たちによって五百帖の紙に写し取られ、牛若君の生涯の宝となるよう差し上げられました。

そこに大天狗の御台所から、大天狗に願いの儀があるので簾中にお越しいただきたい、との使いがやってきました。

御台所は大天狗に訴えました。

「娑婆世界から御曹司が来ておられると聞きました。私も娑婆からやってきたので、娑婆を恋しく思っております。御身と契りをなして、昨日今日と存じましても、はや七千余年になりました。ここで寸時のお暇をいただき、若君にお会いしとうございます」

「それもそうじゃ。唐土（もろこし）、天竺、我朝の、三国に並びない若君でいらっしゃる。お目にかかりたいのも道理。許そう」

御台所は十二単で装い、召使に薬酒を持たせ、いずれ劣らぬ美しい侍女たちを引き連れて座敷にやって来ました。

牛若君も大天狗の御台所とあって、丁寧に挨拶を交わしました。

「私は娑婆からやって来た者でございます。甲斐の国、古今長者の一人姫、きぬひさ姫と申しました。十七歳の春のことでございます。伴の女房たちと花園山に登り、管弦の遊びを始めました。私は琵琶や琴を弾いていたのですが、そのさ中、神風がにわかにばっと吹き抜け、気がつくと、この内裏にさらわれてきていたのでした。それからなんと、七千年も過ぎてしまいました。ここにいて別に楽しみはございませんが、ただ一つ、亡くなった両親に、月に一度か二度会えることが慰めでございます。若君も二歳のときに父上とお別れになりました。さぞ恋しく思っておられましょう。夫の大天狗は飛行自在の身でございます。私から聞いたとはおっしゃらずに、夫に、九品浄土で大日如来となっておられる父上にお会いになりたい、と頼まれれば、ご案内することでしょう。そののちに、またこちらにお戻りなさいませ」

御台所は持参した薬酒を牛若君に勧め、自らも返杯を受けると、簾中に戻っていきました。

【三】

再び大天狗に対面した牛若君は、こう切り出しました。

「娑婆で聞いたところによれば、御身は飛行自在、私の父上のまします九品浄土にも、日々出仕なされているとか。私は二歳で父上にお別れし、恋しくて、ふたたびお目にかかりたいと、ここまで参ったのです。ぜひ願いをお聞き届けくださ い」

「はるばるこちらまでおいでくださり、おもてなしはいかようにもさせていただきますが、その儀につきましては少々難しゅうございます。しかし、これまでに学ばれたことをお聞かせください。聴聞した上で判断いたしましょう」

大天狗は牛若君の器量を試しました。

「私は七歳から鞍馬の山に上り、現世の学問はもとより、仏法も一千七百二十五則を学びました。その甲斐あって、三界に垣なく、六道に劣りなし、法に二法なく、仏に二仏なし、と悟りました」

「ありがたいお言葉です、若君。それならばお供いたしましょう。こちらへおいでください」

そう言うと、大天狗は、牛若君の着ている小袖、直垂を脱がせ、唐土の赤い糸と日本の蓮の糸で織った小袖に着替えさせると、牛若君を抱いて宙に飛び上がりました。

大天狗は、まず地獄巡りとして、炎地獄、血の池地獄、餓鬼道地獄、修羅道地獄などの阿鼻叫喚の有り様を見せた後、九品浄土に連れて行きました。

牛若君の父上、義朝はこの九品浄土の中尊、大日如来になっていました。

そのため、警護が厳しく、門は固く閉じられていましたが、北の門を守る弥勒菩薩が門を開けてくださいました。

浄土の扉が開くときの音について、大天狗はこう教えました。

「娑婆で善い行いをした人は、死後、浄土に参ります。そのとき、この門が開きますが、扉の開く音は唐土、天竺、我朝の三国に広がり、音楽となって聞こえるのです。若君、これから娑婆に戻られて音楽を聞かれたら、誰かが亡くなったのだと思い、念仏の一つもお唱えください」

さて、大天狗は、ひとまず牛若君を花園に残し、大日如来のもとに行きました。

「大日様、娑婆におられた時の御子、牛若君がお目にかかりたいと参っておられます」

「主は三世、夫妻は二世、親子の契りは一世、ということになっておる。我が子と対面することはこれに反する。しかし、牛若が仏法の教えを身につけておれば別じゃ」

「すべての経文に通じておられます」

「ならば、牛若をこれへ連れてまいれ」

牛若君は大極殿に導かれ、大日如来に対面しましたが、人間であるために、妄執の雲に遮られ、父上の姿を見ることができません。大日如来は牛若君を試します。

「いかに牛若よ、人は娑婆世界に生まれ出るときに五つの借り物をするが、何をどの仏から借りるか述べてみよ」

「はい、骨は大日、肉は薬師、血は観音、筋は阿弥陀、気は釈迦の仏様からお借りいたします」

「では、娑婆での縁が尽き、浄土に還るとき、人はどうなるのか述べよ」

「はい、そのときは地、水、火、風、空となります」

「では、仏法の五戒とは何かを述べよ」

「はい、殺生戒、偸盗戒、邪淫戒、妄語戒、飲酒戒の五つです」

牛若君は、次から次に出される難しい問いに、すらすら答えていきました。

「では、三世の不可徳とは何かを述べよ」

「はい、過去、現在、未来、三世の不可得とは、過去に行った善行により、現世では人間として生まれることができ、現世で善行を積めば未来には、仏となることができる、と心得ます」

「よく答えた」

こう言うと大日如来は扇を天に投げ上げました。すると妄執の雲がさらりと晴れ、父上と牛若君は、このとき初めて互いに目を合わせることができたのでした。

今も昔も、娑婆もあの世も、親子の契りは睦まじいもの、父上は大日如来となっておられても、牛若君をお膝近くに召し寄せ、涙を流されました。さらに膝の上に載せて、髪を撫でながらこうおっしゃいました。

「大きくなったな、遮那王よ。お前たち兄弟が父に早く先立たれ、か弱い母一人を頼りとして、あちらこちらをさ迷い歩く様子は、涙なくして見ていられなかった。さりながら、平家は滅び、源氏の世となるのも遠いことではないぞ、牛若よ」

「父上は如来様になっておられますが、お苦しみはございませんか」

「よくぞ聞いてくれた。ただ一つの苦しみは、都で平家の者どもが悪行をなしておるのを見ることじゃ」

「ではそのお苦しみをどうすれば晴らせるのでしょう」

「千部の経を以ても叶うまい。ただ、久しく絶えた源氏の白旗が都にたなびけば、苦患はたちどころに消えよう」

「私は七歳から鞍馬の寺に上り、現世の学問を十歳で究めると、次に仏法を学んで今年は十三歳になります。それは父上の菩提を弔うためでした。しかし、父上の苦患をお晴らしするのに千部の経を以てしても叶わないのであれば、僧にはならず、武士になり、父上の仇を討ちたいと存じます。草葉の陰で守りの神となり、弓矢の冥加をお授けくださいい、父上」

「出家の本願を捨て武士となり、我らの仇を討とうと思うは誠に健気である。ならば、未来のことを語って聞かせるから、よく聞くがよい。

まず、我らが先祖の八幡太郎義家は十五の歳に門出なされ、名を天下に知らしめられた。お前も十五歳になったら門出をなし、奥州の金売り吉次を頼んで藤原秀衡、佐藤忠信を味方とするがよい。

が、その前に、来年お前が十四になったら、亡き父の十三年目の孝養（きょうよう）と称して、京の五条の橋で辻斬りをせよ。九百九十九人は難なく斬って捨てることができる。しかし、千人目に熊野の別当湛増の息子、弁慶が来る。これは斬るな。助けて家来にせよ。そうすれば弓矢の冥加があろう。

それから、奥州に下るとき、吉次を待っていると、美濃の国の住人、関原与一という男が通りかかる。お前に難癖をつけてくるが、源氏の門出じゃ、直ちに斬って捨てよ。

次に一つの出来事が起こる。母の常盤はお前が奥州に下ることを不憫に思い、呼び戻そうとして追いかけてくるが、美濃と近江の境にある青墓で、熊坂という夜盗に襲われ命を落とす。しかし、これも前世の宿業であり、致し方ない。

さらに熊坂は、吉次が持つ金を狙い、垂井の宿に押し入る。母の仇じゃ、逃さず討て。お前が左側を切りつけるなら、私が右側を切りつけ助太刀いたそう。熊坂を血祭りにあげよ。

その後、お前は道を急ぎ、駿河の国に着いたとき、蒲原の宿で病に臥せり、命の灯も消えかかる。宿の女房は邪険な女で、お前を吹上浜に棄ててしまう。そのとき私は、浄瑠璃御前を看病に遣わすから、一命を取りとめる。その後奥州に下ればよい。

ところが、奥州の秀衡はお前に難題を押し付ける。讃岐の鬼一法眼の娘・皆鶴姫と契りを結び、法眼が持つ兵法書を盗み出せと命じる。

その次には鬼満国に行って、鬼の大将が持つ四十二巻の兵法書を持ち帰れと言う。これらの命には従うがよい。

ところで、お前の兄、兵衛佐頼朝は、伊豆の蛭が小島に配流となっておる。兵を率いて兄の許に行き、鎌倉殿として奉り、仕えよ。

仇の平家は今、華と栄えておるが、お前たちに追われ、いずれ西国で滅亡する。

けれども、お前は三十二歳のときに、梶原景時の讒言により、奥州の高館で頼朝の命を受けた兵たちに囲まれ、腹を切ることになる。前世から定まっている宿業であり、致し方ない」

大日如来は、御殿の一方の障子を開けました。

「死後お前が行くことになる浄土を見せてやろう」

そこでは、たくさんの風鈴と瓔珞が吊るされて、爽やかなそよ風に揺れ、妙なる楽の音が響く中、二十五菩薩がゆったりと舞っているのでした。

次に大日如来は別の障子を開け、今後日本の国で起こることを、時の間に繰り広げて牛若君に見せました。そうして別れを告げました。

牛若君は、大天狗とともに天狗の内裏に戻ると、得難い助言をくれた大天狗の御台所に心から礼を述べました。

見送りを受け、門を出たと思った途端、鞍馬寺東光坊に戻っていました。


（終わり）

【再話者のメモ】

一　鞍馬寺は、京都市左京区、鞍馬山の中腹にあり、真言宗、天台宗と改宗されたのち、現在は鞍馬弘教の総本山となっています。
七七〇年に鑑禎により創建されたと伝えられます。京の都の北に位置することから、北方を守護する毘沙門天が祀られ、都を鎮護する寺として栄えました。

鞍馬山は山岳信仰の拠点の一つで、山伏が修行を行っていたことにより、天狗と結びつけて考えられたようです。稚児として学んだ牛若丸（遮那王）が、鞍馬山の僧正が谷で、天狗から兵法を授けられたという伝説があります。

鞍馬寺の境内には、源義経に因む、鬼一法眼社、川上地蔵堂、息つぎの水、背比べ石、義経堂などがあり、東光坊跡に、義経公供養塔が建てられています。

二　浄瑠璃姫は、三河の国、矢矧宿の長者の娘で、薬師瑠璃光如来の申し子とされ、義経が奥州へ下るときに結ばれたと言われています。
二人の恋愛を主題とする御伽草子の伝本は多く、作品名も「浄瑠璃物語」「浄瑠璃御前物語」「浄瑠璃十二段草子」などと呼ばれます。

自剃り弁慶

この物語は、弁慶が誕生してから、源義経（牛若丸）に出会うまでの半生を題材にしています。弁慶誕生のいきさつについて、この底本は「義経記」（作者未詳　室町時代前期に成立）の記述と似通っています。

弁慶にまつわる物語は多く流布しており、内容も諸本で異同があります。

弁慶が、千本の刀を奪うため辻斬りを重ね、千人目の相手の牛若丸にかなわず、降参して家来になったと、普通思っていますが、この話では義経の方が辻斬りをする設定になっています。それは、この話だけが特別なのではありません。「武蔵坊弁慶物語絵巻」、「天狗の内裏」、「橋弁慶」（御伽草子）、「橋弁慶」（謡曲）などが同じ設定で、大変興味深いところです

現在私たちが思い描く、牛若丸と弁慶の出合いの場面は、文部省唱歌「牛若丸」によるところが大きいと思います。

＊（辨慶）は（弁慶）に統一しました。

底本として、「室町時代物語大成　第六」　五〇三頁から五二四頁所収の「じぞり弁慶」（寛文頃の奈良絵本）を用いました。

【一】

昔のお話です。

比叡山西塔の武蔵坊弁慶は、熊野三山の寺務を取り仕切る別当の子です。

別当というのは、仏に仕え、持戒持立の者ですから、子を持つことは本来ないのですが、いきさつをお話ししましょう。

そのころ、京の都、二条大納言の姫君が、宿願のため熊野本宮「証誠殿」に三週間籠っていました。

別当が、夜の勤行（ごんぎょう）をするために社殿を訪れたときのことです。いきなり山風が起こり、姫の籠る局の御簾を吹き上げました。何気なくそのほうに目を向けた別当は、御簾の中に十六歳ほどの姫が、桜襲の衣を着て座っているのを見てしまいました。姫は、たとえて言えば、唐土なら李夫人か楊貴妃、我朝なら衣通姫か小野小町ともいうべきものでした。これは、天女が法師の道心を試すために天下ったに違いない、とは思ったのですが、すっかり心を奪われてしまいました。どうしようか、こうしようかと想いわずらううちに、勤めもおろそかになり、御仏の前に座っても、ただため息をつくばかりになってしまいました。

その様子を見かねた弟子や同宿（どうじゅく）は、別当の一大事を何とかしなくてはならないと考えました。後のことは神慮に委ねることにして、僧兵を集め、無法にも姫が都に戻る大道でその輿を奪い取ると、別当の許へ連れて行きました。

姫の伴の人たちは都に逃げ帰り、すぐさま父君の大納言に申し上げました。

大納言の訴えを受けた公卿たちは詮議の末、大衆（だいしゅ）を退治すべし、と軍勢を揃えました。

しかし、時の法皇は熊野権現を深く信仰し、熊野三山に度々参詣されており、大納言をなだめられました。

「熊野の別当は、中の関白（藤原道隆）の後胤であり、大織冠・藤原鎌足の子孫でもある。ここは和解をなし、天下の静謐を図るがよい」

法皇にこう言われれば従うほかありません。大納言は、到底納得できませんでしたが、致し方なく、胸の怒りを抑えて、様子を見ることにしました。


そもそもこの熊野権現とは、天竺マカダ国の千才王が王子とともに我朝に飛んでこられ、紀伊国牟婁の郡、音無の里に住まわれたのをはじめとします。その頃はまだ神の世で、だれもその存在を知りませんでした。人王の世になり、御託宣があり、神としてあがめられるようになりました。その昔、天竺から来られた時にお供してきた大臣の子孫が、お社を守り続けていました。しかし、この山は、谷が深く峰は峨峨とそびえ、道が険しいので、参詣する人はありませんでした。

さて、大和の国に「役優婆塞」（えんのうばそく）という行者がおりました。葛城山に籠り、修行の末に神通力を得て、虚空を自由に飛び回り、日本国の名山である大峰、富士、浅間など、尊い山々を巡りました。

けれども、熊野の山は雲と霞に隔てられ、道も定かでなく、なかなかたどり着くことができなかったのですが、滝尻という所で祈ると道が開け、ついに本宮、「証誠殿」に参ることができたということです。

こののち、修験者たちは役優婆塞の行を学び、必ず熊野三山へ参詣をしました。参詣の道は険しく、人跡の絶えた深山です。ある時は苔の筵に袖を敷き、ある時は岩からにじみ出る水で渇きを凌ぎます。見上げれば万丈の絶壁、見下ろせば千尋の谷、世の常の人は訪れることもなく、たまに木こり、猟師が訪れるくらいでした。

ところが、宇多天皇、出家されたのちは寛平法皇・亭子院と称されましたが、熊野三山が霊験あらたかであることを聞かれ、はるばる参詣されました。その後、花山、白河の両院もそれに倣われました。参詣の山道も次第に整えられ、天下万民おしなべて参詣するようになり、熊野三山の繁盛はおびただしいものとなりました。

そうなると、寺務を取り仕切る別当が必要だろう、ということで初めて熊野に別当が据えられました。もとより別当を務める者は、学識も豊か、行いも正しい沙門、姫を奪い取るなどという狼藉に及ぶことなど、思いもよらないことでした。

けれども、六十歳の別当は、十六歳の姫を、月よ、花よともてなし、かしずきました。そして熊野権現に、後継ぎとなる一人の男子を授け給え、と深く祈りました。

その甲斐あってか、姫は懐妊しましたが、一年たっても、二年たっても生まれず、やっと三年三か月して誕生した赤子を見れば、なんと三歳ほどの大きさです。黒髪が肩まで伸び、歯はすべて生え揃い、筋骨たくましい男児でした。生まれ落ちると同時にひじをついて起き上がり、四方を見回すと、明るいなあ、と言ってからからと笑いました。

父の別当はそれを見ると、刀を抜いて殺そうとしました。母の姫はその手にすがり、止めました。

「なぜそのようなことをなさいますか」

「わしは破戒の罪を犯した。その故に熊野権現が鬼子を授けられたのじゃ。生かしておけば、成人ののち、多くの人を害するに違いない」

「しばしお待ちを。お聞きください。釈迦の御子、ラゴラ尊者は胎内に六年おられてお生まれになりました。唐土の老子という方は胎内に六十年、鬢や髭が白くなってからお生まれでした。

我朝の聖徳太子は、胎内におられるときから、言葉を発されたそうでございますが、人を害することなどございませんでした。それぞれ聖人として人びとを助けられました。

この世に人として生を受けた者が、日月の光をさえ拝むことなく命を奪われるのは、まことに不憫でございます。本当にお心に染まぬ子と思われるのでしたら、この山の中に捨て、その行く末を神慮にお任せなさいませ」

母の言葉により、この男児は乳を与えられることもなく、若一（にゃくいち）王子の社の裏山に捨てられました。

それでも母は心配して、別当に内緒で人を遣わし、様子を見させました。すると、さすがに熊野権現から授かった子です。獣に食べられることもなく、自分で木の実を拾って食べ、木の根元で遊んでいるのでした。使いの者を見つけると、懐かしさから走り寄ってきました。まるで鬼に襲いかかられるように感じた召使は、怖くなって逃げ帰りました。

これを聞いた母は、わが子を愛しいとか、哀れとか思う心はすっかり消え失せ、虚しい思いに襲われました。

そのころ都に、山井の三位という人がいました。熊野権現を篤く信仰し、参詣することもたびたびに及んでいました。四十歳を過ぎても子がいなかったので、男子を一人お授けくださいと、いつも祈っていました。

祈りが届いたのか、三位夫妻にご示現がありました。

『この山の中に子を一人捨てておいた。拾って養育するなら、この世ではともかく、後生の弔いはしてくれるであろう』

そのお告げに従い、多くの家来とともに山の中を探すと、にぎやかな人の声を父母の迎えかと思った男の子が姿を見せました。三位夫妻はその子を抱き上げ、若一王子の社で見つけたことから、若一と名づけ、都に連れて帰りました。

〔二〕

三位夫妻は若一を慈しんで育てました。七歳のころには十歳といっていいほどに成長しました。そこで比叡山に上らせ、桜本の僧正、覚慶の弟子とし、学問をさせました。もとより利発、聡明で、一を聞いては十を悟り、筆をとっては妙を表し、文才人に優れ、詩歌管弦の道にも明るく、同輩はこれをうらやみ、師も賞賛するほどでした。ただ、才能を誇り、人を人とも思わず、心が驕っていることは残念なことでした。

ある夕暮れ、稚児や同宿たちが庭の白州で蹴鞠をして遊んでいました。若一も仲間に入っていましたが、うまく蹴ることができません。思いどおりにならないことに腹を立てた若一は、乱暴に毬を蹴とばしはじめました。その態度を見ていた老僧や師匠はたしなめましたが、僧正の稚児であることから、遠慮して強く諭すことができませんでした。

また、若一は、自分より体が大きくても小さくても、相手かまわず相撲の相手をさせました。もとより生まれつきたくましく、力も人に優れていたので、かなう相手はいませんでした。

大衆はこの様子を苦々しく思っていましたが、僧正の権威を恐れ、目を閉じ、口も閉ざしていました。

それをいいことに、若一はいつの間にか二尺余りの八角の黒鉄の棒を、常に脇に隠し持ち、自分を悪く言う者や、気に入らない者と道で出合うと、散々に打ち据えるのでした。ある者は腰や膝の骨を折られ、またある者は頭を割られるなど、けがをする者が続出しました。一山の衆徒は腹を立て、僧正に訴えましたが、このとき、僧正は聞き入れませんでした。

比叡山は、開祖の伝教大師が未来記というものを書き、根本中堂に納められました。新たに座主となったものが、一度だけ開いて拝むことができると言われています。もしかすると、その中に、若一というえせ稚児が一山の稚児、同宿を悩ませるとでも記してあるために、僧正は訴えを聞き届けてくださらないのだろうかと、みな奇異に感じました。

この山の稚児というのは、公卿、殿上人の若君たちがほとんどです。一稚児、二山王といい、稚児はまるで神のように大切にされています。若一というえせ者が傍若無人に振る舞えば、師匠、同宿は言うに及ばず、稚児たちの両親や親類縁者も穏やかではいられません。

一山の大衆は、再び僧正に申し上げました。

「若一殿は成長するにしたがい、学問をおろそかにし、稚児、同宿をそそのかして、悪行を重ねております。従わない者があれば、打ち叩くのでけが人が絶えません。この噂が広まると、これから先、当山に稚児として上らせる親はいなくなります。そうなれば学徒は断絶。若一一人と三千の衆徒とを引き換えにされるのですか」

「もっともである。よきように計らうがよい」

実は、僧正は日頃から若一の振る舞いを苦々しく思っていたのですが、気性も荒く、力も強く、師匠を師匠とも思わないので、恐ろしくて言い出せないでいたのです。

僧正は、さりげない風を装うと、若一に言いました。

「お前はすべての面で優れている。現世でも来世でも頼もしく思っているが、衆徒がたびたび訴えるので、ここはしばらく身を潜めて、皆の機嫌をうかがうがよい」

これを聞いた若一は、ついに僧正に見放されたのだと思いました。

(さては大衆と同心して、我を憎み給うか)

若一の権幕があまりに恐ろしく、僧正はただうなだれ、身をすくませるばかりです。

しかしここで、若一は考えました。

（人は恩を知るを以て人となる、恩を知らぬはただ木石に異ならず、中でも師の恩は最も重い、ともかくここは師の仰せに従おう）

そこで、これまでの不義を詫び、住み慣れた西塔、桜本の御坊を去ることに決めました。師でさえ疎まれたのです、まして稚児、同宿の誰一人として、去る若一に言葉をかける者はありませんでした。

山道を下りながらつくづく考えました。

（この比叡山は日本第一の名山、鎮護国家の拠点であるゆえ、遠国、他州の修学者たちがこぞって上り、出家を遂げている。自分もここで学問を重ね、黒白をわきまえることができた。このまま俗体で下山することはできぬ。どこかの坊で剃髪してもらうか。いやいや、そうすれば頼んだ僧を師匠として敬わなくてはならん。そうだ、いっそ自分で出家してしまおう）

こうして、千手院から流れ出た清水に姿を映し、自らの手で髪を剃ってしまいました。後にこの水は、弁慶水と呼ばれることになりました。

出家したなら次は戒を受けねばならん、というわけで、下りかけた山を引き返し、戒壇院に向かいました。ちょうど、十人ほどの大衆が受戒のために訪れていましたが、若一を見ると恐れて、戒壇院の扉を閉ざし、散り散りに逃げ去りました。

若一は扉を押し破り、戒師のいない院内の御仏の前に座り、自ら問い、自ら答えて、勝手に戒を受けたことにしてしまいました。本来なら五戒を受けるはずですが、偸盗、邪淫の二戒のみにしました。武勇を備えた僧である「悪僧」として身を立てたいと望んでいるので、殺生戒を除きました。また人をだますこともあるので妄語戒、酒は憂いを忘れるために欠かせないので飲酒戒、これらは保てないと初めから分かっていたからです。

そして、父の名から一字、師の名から一字を取り、自らを弁慶と名づけ、さらに、かつて西塔に武蔵坊という大力の法師がいたことにあやかり、武蔵坊弁慶と称することにしました。

戒壇院の外に出るとちょうど、春海という老僧が通りかかりました。弁慶は春海の袖を取って言いました。

「かねてからお聞き及びかと存ずるが、私は桜本の御坊に住んでいた若一という者。ただ今出家いたして名を武蔵坊弁慶と申す。当山一の曲者として大衆に憎まれ、師匠に捨てられたゆえに、衣を調えることができませぬ。御坊の着ておられる衣をいただきたい」

「これはまた、思いもよらぬことをおっしゃる」

「そなたは思いよらなくても、こなたが思いよるのでござる。ぜひともいただきたい」

弁慶ににらまれた春海は、とんでもない者に出会した不運を嘆きながら言いました。

「では、わが坊へおいでください。代わりの衣を差し上げましょう」

「御坊へ行ってからいただくのも、ここでいただくのも同じこと、早く脱ぎ給え」

しかし春海は衣を脱ぎません。すると、これまでは丁寧な口調で話していた弁慶が、つっと伸びあがり、上から見下ろして言いました。

「僧の身として人に物を惜しむことがあろうか。ましてや御坊は裕福と聞く。衣一枚施しても何の支障もあるまい。早く脱ぎ給え。衣が惜しいか、命が惜しいか、どちらか選べ」

さらに、愛用の鉄棒を取り出して打ちかかろうと身構えたものですから、春海はぶるぶる震えながら衣を脱ぎました。すると弁慶は、上の衣のみならず、下の白い小袖と大口袴も脱げと迫り、ついに春海は帷子だけになってしまいました。

弁慶は白い小袖に大口袴を穿き、絹の衣に織物の袈裟をかけ、塗り足駄を履き、鉄棒を片手に持って言いました。

「これでよいか、御坊」

わるいなどと言えるはずはありません。

「よい法師でございます」

ここで弁慶は考えました。

(先ほど偸盗戒を保つと誓ったが、このまま衣を奪ったとなると、戒を破ることになる。着替えをくれてやろう)

そこで、それまで自分が着ていた小袖、直垂、大口袴を揃えて春海に差し出しました。稚児の着ていた派手な着物は、老僧の春海にはふさわしくありません。春海は断りました。

「なに、着たくない。それではまるで、人の持っている良い品と、自分の粗末な品とを無理やり取り換えたようで、面目が立たぬ。ここは理を曲げて着給え」

弁慶に睨みつけられた春海は、恐ろしさに震えながら、色鮮やかな小袖、袴に、派手な柄の直垂を着るはめになりました。

春海はこの姿を人に見られると恥ずかしくてなりません。間道を抜けて自分の坊に一刻も早く帰ろうとしました。

しかし、弁慶はなおも放してくれません。

「大衆に疎まれた身で、この山に再び戻ることは叶わぬ。これまでの罪を懺悔するため、四国遍路をいたそうと思うが、比叡山で修業したと申せば、これから出会う修行者たちの中に、比叡山のことを尋ねる小賢しい者があるやも知れん。御坊は年も取り才知ゆたかでおられるから、この山の始まりの由来、堂舎仏閣のいわれなどを詳しく話し給え」

口調は丁重でも、とても断れるものではありません。

春海は、比叡山のあらましを語って聞かせ、やれやれこれで放免されるかと思いきや、次は日吉神社の七社権現を参拝するから先達をせよ、と迫られました。逃れるすべはありません。

東坂を下り、日吉神社の中心である大宮と二宮まで案内したところで、やっと解放されました。

「ここから八王子までは程近い、あとは自分で参拝するから、御坊は山に上れ」

春海は嬉しさのあまり後も振り返らず、跳ぶようにして山に戻っていきました。

八王子、聖真子、客人の宮、十禅師、三宮と、心静かに拝んで巡った弁慶は、志賀の浦にやって来ました。琵琶湖をはるばる見渡すと、近江八景にうたわれた絶景が広がり、山で学んだ和歌などが思い起こされました。

その後、鴨川を渡って都に入りました。

都には養父の山井の三位が健在ですが、比叡山で悪行を行った弁慶を勘当した、と伝え聞いていたので、会いには行きませんでした。また熊野の別当は実父ではありますが、鬼子として乳飲み子のときに殺そうとした、と言われていたので、今さら名乗っていく気にもなりません。

それで、和歌山の港から四国に渡ることにしました。

〔三〕

善通寺、松山、白峯などの名所を巡礼した弁慶は、次に瀬戸内海を渡り、中国地方に入ると、播磨の書写山をはじめとして、各地の尊い霊地を訪れ、出雲の国、鰐淵山にしばらく落ち着きました。

そこで心を澄まして過去の行いを深く反省し、一心に真言を唱えたので、悟りを得ることができました。

そのままそこにいたならば、平穏な人生だったことでしょう。しかし宿縁のなせる業でしょうか、都から下ってきた一人の修行者が、語るのを聞きました。

「都ではこのところ不思議なことが起こり、往来の人を悩ませております。と言いますのは、十六、七の小冠者が小太刀を以て斬り回り、その様子はまるで蝶や鳥のごとくです。大勢で押し寄せ、討とうとするのですが、少しも近づくことができません。稲妻のようで、捕まえることもできないのです。そのため、日が暮れてからは、行き来する人が絶えてしまいました」

（たった一人の小冠者に悩まされ、騒動となっているのはけしからん。人を助けるのは菩薩の行いという。そ奴を退治し、皆を助ければ、御仏も喜ばれよう）

修学の決心を翻し、怒りを含んで悪者退治のために都に出向いて行きました。

思ったとおり、都では、十六、七歳の小冠者が五条の橋にたたずみ、行き来の人を困らせていると、あちらでもこちらでも噂しています。

小冠者退治に出かける弁慶は、かちん（濃い藍色）の直垂に黒糸威しの腹巻、雲に鶴を彫り込んだ籠手、白檀磨きの脛当といういでたちで、四尺八寸の大太刀を差し、五尺八寸の長刀を杖に、五条の橋に向かいました。この長刀は、三条の小鍛冶宗近が百日かけて鍛えた業物ですから、切れない物はありません。弁慶は身支度といい、持ち物といい、我ながら満足でした。

五条の橋に着くと、橋板を堂々と踏み鳴らして渡り始めました。

一方、小冠者の御曹司義経は、顕紋紗（けんもんしゃ）の直垂に精好織（せいごうおり）の大口袴、左折の烏帽子、黄金造りの小太刀を腰に、紅の薄衣を被って五条の橋の欄干に寄りかかって立っていました。

弁慶は、はじめそれを女と思い、前を通り過ぎようとしました。しかし、このような夜更けに、女が一人で立っていることを怪しみ、長刀の柄で相手が被っている衣をはね上げました。

それは女ではありませんでした。すわ、痴れ者よ、と長刀を持ち直し、斬りかかりましたが、義経は小太刀を抜いて応戦します。弁慶は比叡山で身につけた長刀の秘術をつくし、義経は鞍馬の天狗たちを師として習った兵法を駆使し、互いに引きません。

互角の闘いが果てしなく続いたのち、とうとう弁慶の長刀が打ち落とされてしまいました。

義経は、このたぐいまれな剛の者を家来にすることにしました。

弁慶はかしこまって言いました。

「『いくばくの人にあふて候へども、かやうに辛き目見たることはなく候。未だ若年におはしまし候に、かほどまで健気におはしますこそ、不思議なれ。よもただ人には、おはしまさじ。御名を名乗り給へかし』と申しければ、御曹司は聞し召し『いまは何をか包むべき。是は源氏、左馬守の末子、九郎義経といふ者也。さて汝は、いかなる者ぞ』と問い給へば、弁慶このよし承り『さては、鞍馬の寺に、おはしましける、牛若君にて、おはしますにこそ、御心の健気におはしますこそ、理なれ。それがしは、西塔の武蔵坊弁慶と申して、悪僧の名を取りて、大衆たちに憎まれたるえせ者にて候なり。今日よりしては、君を主君と、頼み奉るべし。物の数には足らずとも、法師をば郎党と、おぼしめし候へ』と契約固くつかまつり、すなはち御曹司の御供申し、山科の御所へぞ参りける」

（底本の一部を、適宜、漢字を当て、『 』、濁点を付けて引用）

それからの弁慶は、三世の契りが深かったのでしょう、義経と堅い絆で結ばれ、主従の礼儀を重んじ、最期までその膝元を去ることはありませんでした。

（終わり）

【再話者のメモ】

一　文部省唱歌「牛若丸」（作詞者不明　一九一一年）

京の五条の橋の上
大の男の弁慶は
長い薙刀ふりあげて
牛若めがけて切りかかる
牛若丸は飛び退いて
持った扇を投げつけて
来い来い来いと欄干の
上へあがって手を叩く
前やうしろや右左
ここと思えば又あちら
燕のような早業に
鬼の弁慶あやまった

二　役優婆塞（えんのうばそく）は、役小角（えんのおづぬ）のことで、役行者とも呼ばれる飛鳥時代の呪術者です。日本独自の山岳信仰である修験道の開祖とされています。

三　弁慶の父親は、熊野別当であるとされています。熊野別当は熊野三山を総括支配する僧で、史実では代々妻帯し、別当家は熊野信仰が衰退するまで続きました。

弁慶誕生のいきさつについては諸本で異同があります。弁慶の父親の名前はそれぞれ、次のように記されています。

「義経記」には、熊野別当弁昌。

「室町時代物語大成」所収の

「弁慶物語」（古活字本）には、熊野別当弁心

「弁慶物語」（元和写本）には、熊野別当弁心

「橋弁慶」（奈良絵本）には、熊野別当湛増

「天狗の内裏」（古写本）には、熊野別当湛増

と記されています。

稚児今参り

御伽草子には、僧侶の生活を題材とした作品が多くあり、その中で稚児が主人公になった作品は、「稚児物」と呼ばれます。

稚児と聞くと、私たちは寺社の祭礼の時に、きれいな着物を着て化粧をされた幼児が、行列する様子を思い浮かべます。しかし中世の大きな寺院では、学問をし、僧侶の世話をする少年のことを稚児と言いました。俗体で髪を長く伸ばし、その多くは美少年だったようです。僧の恋愛の対象とされることもあり、それをテーマにした作品が多数あります。（「秋夜長物語」「あしびき」「幻夢物語」など）

この「稚児今参り」も「稚児物」の一つではありますが、他の作品と趣が異なり、主人公である稚児の恋愛対象は姫君です。

このお話の重要な登場人物は、稚児の乳母（めのと）です。養育を託された若君を、知恵を働かせて支えます。その才知により考え出された企てが、この物語の面白さを生んでいます。

底本として、「室町時代物語大成　第九」二四八頁から二六九頁所収の「稚児今参り」（江戸時代前期の奈良絵本）を用いました。

【一】

昔のお話です。

京の都に、左大将も兼ねている内大臣殿があり、少将の子息と美しい姫君、二人の子を持っていました。

姫君は姿形だけでなく、何事においても優れていました。春宮（とうぐう）から后にと望まれていましたが、まだ両親のもとで大切に慈しみ育てられていました。

如月の十日頃のことです。姫君は原因不明の病気になってしまいました。何日にもわたってさまざまな治療が施されましたが、はかばかしい効き目はありません。

そこで、比叡山から名高い僧正を招いて加持祈祷がなされました。するとそのおかげか、七日経つと快方に向かっていきました。父君をはじめ皆が喜び、僧正が山に戻ろうとするのを引き留め、もう七日留まるよう頼みました。

僧正には、片時も傍から離さない寵愛の稚児があり、この度も連れてきていました。

稚児はつれづれに御殿の庭に出て、咲き誇る桜の花を眺めながら歩いていました。すると、姫君の部屋の高欄に二、三人の女房が寄りかかり、花を見ているのに気づきました。稚児は急いで木陰に身を隠しました。

弥生二十日余りのことです。夕映えの中を桜の花びらが雪のように舞い散る様は、この世のものとは思えないほどの美しさでした。

女房たちは稚児のいることに気づかず、姫君が外の景色を見やすいように、御簾を上げました。姫君は十五、六歳ほど、うっとりとその光景に見とれています。黒く長いまつ毛の下の瞳は涼し気で、柔らかな唇が少し微笑んでいます。

愛らしい姫君の姿を見てしまった稚児は、すっかり心を奪われてしまいました。御簾が下ろされ、姫君の姿が見えなくなった後も、稚児はその場を立ち去ることができませんでした。

姫君の具合がよくなり、僧正は比叡山に戻ることになりました。けれども稚児は、ぼんやりして全く気力を失くしています。しばらく養生することが許され、里に下がることになりました。

稚児の両親はすでになく、これまで親代わりになって育ててくれた乳母（めのと）の家が里でした。

僧正は心配して山から僧たちを遣わし、稚児のために加持祈祷をさせましたが、少しもよくなりません。稚児にとって、それは煩わしく感じられるばかりです。無理をして起き上がり、元気そうに振舞って、僧たちを山に帰してしまいました。

夜も眠らず、昼間も力なく横になっている稚児を、乳母はたいそう心配しました。

乳母は、稚児が生まれたときから世話をしてきました。母君が世を去るときに、養育を託されたのです。わが身に代えても守りたい、大切な若君でした。

（これといった病はありそうにない。何か心にかかることがあるに違いない）

そう思った乳母は訳を尋ねますが、稚児は口ごもるばかりです。

「この頃のご様子は、ただ事とは思えません。何かお心にかかることがおありなのでしょう。お話しください。どんなことでも叶えてさしあげます。思うことを言わずに死んでしまうのは、罪深いことでございますよ」

乳母が心を込めて問いかけるので、稚児は顔を赤くし、小さい声で打ち明けました。

「弥生の夕暮れに、内大臣殿のお屋敷でお見かけした、愛らしい姫君が忘れられず、胸が震えて、眠ることができない」

思いがけない告白に、乳母は驚きました。そして、若君を救うにはどうすればよいか、考え続けました。それからようやく、一つの企てを思いつきました。

それは最初に、稚児が持っている手箱を利用することでした。細かい文様が金色で描かれた蒔絵の手箱は、かつてある姫君が出家する際、僧正に捧げたものです。後に僧正から稚児に下されたのでした。

数日後、使っている童に手箱を持たせた乳母は、内大臣家の門口に立ちました。

内大臣家では姫君の内参り（春宮への参内）を控え、立派な調度品を調えているところでしたから、見事な手箱はすぐに求められました。

乳母は、まず、手箱を縁に内大臣家の女房たちと近づきになり、その次は、稚児を内大臣家に入り込ませるつもりなのです。

稚児の体つきはほっそりしており、長い髪に愛らしい顔立ちの美少年は、乙女と並んでも見劣りしません。女装させ、姫君の侍女として仕えさせよう、という考えでした。

始めは、この思いもよらない大胆な企てに躊躇していた稚児も、姫君に会いたい一心に負け、ついに、御殿に上がる決心を固めました。

〔二〕

たおやかでなまめかしく、髪のかかり、眉、額などに気品がある稚児の姿は、内大臣家の女房たちにすっかり気に入られました。その日のうちに、女房として勤めることに決まり、新参ということで、「今参り」と呼ばれることになりました。

しばらくすると、「今参り」の筆遣いが美しく、琵琶や笛も巧みであることが、皆に知れ渡りました。比叡山で稚児として、学問や詩歌管弦の道を身につけていたからです。

月の澄み渡った、ある秋の夜のことです。

琴の上手な姫君の合奏の相手として、「今参り」が琵琶を弾くことになりました。その調べは御殿中に響き渡りました。父君の耳にも届き、これまで聴いたどんな名人の演奏に、勝るとも劣らない、とお褒めをいただくことができました。

「今参り」はその夜から、姫君のお傍近くで仕えることが許されました。それまでは几帳を隔てていたのですが、直接顔を合わせることになったのです。

昼間は琵琶を教えたり、いろいろな遊びに興じたり、姫君と一緒に楽しい時間を過ごしますが、姫君の内参りの時は近づいてきています。「今参り」の胸はやるせなさでいっぱいですが、それを表に出すことは許されません。それはとても辛いことでした。

「今参り」が、姫君の添い寝の役を務めることになった夜のことです。あたりには他に誰もいません。「今参り」は、とうとう告白しました。

始めは驚き狼狽した姫君でしたが、夜を重ねるうち、次第に離れがたい相手と想うようになっていきました。「今参り」が女装した稚児であることは、まだ他の人には気づかれていません。姫君の母君などは、「今参り」が姫によく仕えてくれると、喜んでさえいます。

そのうちに、姫君はただならぬ身になりました。母君は心配し、僧を呼んで祈祷をさせますが効果はなく、姫は次第に食欲をなくしていきました。

「今参り」が、もしかしてご懐妊ではないかとささやくと、姫君は途方に暮れるのでした。

そうこうしているうち、比叡山から乳母のもとに、稚児を戻すようにと、使いが来るようになりました。はじめはあれこれと言いのがれていましたが、山で大きな集いがあるので、どうしてもこの稚児がいなくてはならないと言われ、断りきれなくなりました。華やかな稚児は欠かせない存在なのでした。

内大臣家を訪れた乳母から、そのことをこっそり告げられた「今参り」は、姫君とたった四、五日でも離れることが悲しくてなりません。姫君も同じ思いです。ことに、ただならぬ身で、それを誰にも言えないのですから、その心細さはたとえようもありません。

けれども致し方なく、「今参り」は五日の暇をもらうと、乳母の家に里下がりしました。

それから衣装を改めて稚児姿に戻り、山へ上っていきました。

〔三〕

比叡山では、僧正をはじめ僧たちが、稚児が戻ってきたことを喜びました。しかし稚児に笑顔はありません。すると皆は、稚児を喜ばせようと、一層気配りをしてくれるのでした。

四日が経ち、稚児は姫君への募る想いを抱いて、山道をぼんやり歩いていました。

散り落ちた紅葉の、美しい一葉を手に取ろうとした時のことです。忽然と姿を現した異相の山伏が稚児を小脇に抱え込むと、どこへともなく飛び去ってしまいました。

僧正をはじめ、僧たちは、急にいなくなってしまった稚児を、大勢で手分けして探しましたが、見つけることはできません。祭壇を設け、何日も祈りましたが無駄でした。

数日もすると、比叡山の稚児が天狗にさらわれた、という噂が都にまで達しました。それは内大臣殿の屋敷にも伝わりました。皆は、ただの噂話として関心を払いませんでしたが、姫君はすぐに「今参り」のことだと気づきました。

「今参り」が戻ってくることだけをひたすら待ち望んでいたのに、行方が分からなくなってしまっては、どうすればよいのでしょうか。思い煩っているうちに、お腹もだんだんふっくらしてきました。

姫君は沈み込み、起き上がろうとさえしなくなりました。父君、母君が心配しただけでなく、春宮からも姫君を案ずる文が届けられました。

ある夜、お付きの女房たちが寝入ったのを見計らい、姫君は屋敷を抜け出しました。もう身投げするしかないと思い詰めていました。

これまで一人で歩いて外出したことはありません。薄衣一枚を被り、歩き始めたものの、どこへ行っていいのかもわかりません。

そのとき、三人連れの木こりが山の方に向かっているのを見かけ、後について行こうとしましたが、すぐに姿を見失ってしまいました。

あちらこちら、細い山道をさまよっているうちに夜が明けました。人に見つからないよう木立の陰に隠れながら、せめて水のある所を見つけようと、一日中歩き回りましたが、小さな泉さえありません。とうとう日が暮れてしまい、一心にお経を唱えながら闇の中をさまよいました。

（思い残すことなどない、身投げしてしまおう）と思って屋敷から出てきたのですが、いざ暗闇に包まれてしまうと、恐ろしく、人恋しくてなりません。

すると、谷間に小さな灯が見えました。近づくと、それは粗末な柴の庵でした。

姫君は戸を叩きました。

「お願いです、開けてください」

「誰だね」

「一晩のお宿をお貸しください」

姿を現したのは、紫色の衣を着た、背の高い老尼でした。口が鴉のように尖っています。

「ここは人の来られぬところ、どうやって入り込んだのじゃ」

「どうか今夜だけ、こちらに置いてくださいませ」

姫君が必死で頼むと、尼は中に入れてくれました。

見ると、囲炉裏に何か獣の肉の塊が並べてあります。

(どうしよう。天狗のすみかに来てしまった)

姫君はすっかりおびえてしまいました。しかし、尼が言いました。

「わたしは神通力を持っておるから、そなたの心の中が見える。そなたが想う人は、もうじきここへ連れてこられるはずじゃ。天狗の頭はわたしの子じゃが、情け知らずの恐ろしい者で、見つかれば面倒なことになる。この厨子の中にお入り」

姫君は大きな厨子の中に隠れました。

翌朝は雨が降り、風も激しく吹き荒れ、粗末な庵を揺らします。姫君は厨子の中で震えながら、一心に観音様のお名前を繰り返しました。

昼頃です。白髪頭の天狗が、眷属を連れてやって来ました。厨子のすき間から覗いて見ると、稚児姿の「今参り」が、気を失ったまま運ばれてきたではありませんか。

やがて天狗たちは酒盛りを始めました。

酒宴が終わると、尼天狗が言いました。

「この稚児はひ弱じゃ。こんなに弱っている者を連れ回せば、命が持たんぞ。この母に預けるがよい」

「いや、これは我らが憎む僧正が寵愛し、見つけようと必死で祈っている特別な稚児じゃ。母者の言葉でも聞くわけにはいかぬ」

「まあ、そう言わずに置いて行け」

「もしもこの稚児を失ったりしたら、母者の命をもらうからな」

渋々承諾した天狗は、そう言い残して出て行きました。

厨子から出た姫君は、稚児に駆け寄りました。稚児はまだ意識を失ったままです。尼天狗と一緒に薬湯をこしらえて飲ませると、やっと正気づきました。

姫君を見た稚児は驚き、二人は手を取り合って泣きました。その様子を尼天狗がじっと見ていました。

「わたしは罪深い天狗の道から抜け出し、仏の道に入りたいと、夜昼欠かさず妙法を唱えておる。そなたたちを、この尼の命に代えて助け、都へ送り届けよう。息子の天狗はわたしの命を奪うに違いない。そのしるしを見つけた時には、死後の孝養（きょうよう）を尽くしてくだされ。これから連れて行く場所で、尊勝陀羅尼を唱え、これまでわたしが行った一切の悪行を浄めてくだされよ。さて、どちらへお連れしようかな」

「なんとありがたいお言葉でしょう。どうぞ宇治にある私の乳母の家までお連れください」

「承知した。しばらく目をふさいでおきなされ」

尼天狗が二人を両脇に抱え、空を飛んで着いたところは、乳母の家でした。降ろされた二人が目を開けた時には、もう尼天狗の姿はありませんでした。

乳母は最愛の稚児がいなくなってから、すっかり生き甲斐をなくし、世の中をはかなんで尼になっていました。

（若君がどうぞ無事でありますように。いつの日か会うことができますように。もしもそれが叶わなければ、あの世で一つ蓮の縁を結ぶことができますように）

毎日ただひたすら祈り続けていました。

その夜、いつものように本尊に向かってお経を唱えていると、戸を叩く音がします。はじめは風の音かと思いましたが、音は止みません。恐る恐る戸を開けると、夢にまで見る稚児が、見知らぬ乙女と二人、そこに立っているではありませんか。

乳母は大急ぎで二人を中に迎え入れ、稚児を抱きしめました。

いなくなってからのいきさつを、驚きながら聞いた乳母は、これは御仏の御利生に違いないと、涙を流して喜びました。

〔四〕

一方、内大臣家では、姫君の姿が見えなくなって大騒ぎになりました。あちらこちら、とても姫君がいそうにもないところまで、くまなく探し回りましたが、見つかりません。

姫君の内参りを待っている春宮へは、とうとう、姫君が亡くなってしまった、と申し上げるしかありませんでした。

父君は比叡山の僧正に内密に相談し、見つけるための祈祷を願いました。これはおそらく天狗の仕業に違いないと思ったからです。僧正も大切な稚児を天狗にさらわれているので、父君の心中が痛いほどわかります。心を込めて祈祷をしましたが、効き目はありませんでした。


稚児と姫君は乳母の家で暮らしていました。

ある日、鴉がことさら多く集まってうるさく鳴きたてます。庭を見ると、片腕が落ちていました。先に尼天狗が言っていたとおり、息子の天狗に殺されたのでしょう。

二人は尼天狗と約束したように、経を読み、尼天狗の後生を一心に祈るのでした。

そのうちに月が満ち、光るような若君が誕生しました。乳母の娘・侍従が取り上げ、親身になって世話をしました。

しばらく経つと姫君は、父君、母君が嘆き悲しんでいる夢ばかり見るようになりました。ふさぎ込んでしまった姫君を見た乳母は、このままの生活を続けるわけにはいかない、二人の行く末を幸せなものとするためにはどうすればよいか、その方策を一生懸命考えました。

そして、ある筋書きを作り上げると、それを二人にしっかりと教え込みました。

まず、稚児が戻ってきたことを比叡山に伝えます。

僧正は大喜びでやって来ました。僧正は、これも祈祷のおかげだと満足げです。

稚児は、まじめな顔で語ります。

「私は天狗にさらわれて、尼天狗のすみかに運ばれました。そこには、同じく天狗にさらわれた姫君も捕らえられておりました。尼天狗の助けでここに戻されたのですが、姫君が名乗られませんので、どちらにお連れすればよいかと迷っております」

僧正は、すぐその足で内大臣家に急ぎました。

父君は姫君がいなくなってからというもの、すっかり気力を失い、出家しようとしましたが、帝がお許しになりませんでした。そこへ姫君が見つかったと知らされたのですから、その喜びようは言い表せないほどです。けれども間違いであってはいけないと、姫君の乳母・宰相を見に行かせました。

我が子が誕生してからというもの、稚児はすっかり凛々しい若者になっていました。内大臣家の人に会っても、それがかつての女房「今参り」だと見破られることはありません。

再会を喜ぶ宰相と姫君の様子を窺っていた稚児が、言います。

「この方は、内大臣家の姫君だったのですね。それぞれの身元を知らぬまま一つ屋根の下にいるうちに、いつしか浅からぬ仲になり、若君を授かりました」

宰相は心の中で、(それはまあ、当然の成り行きでしょうね。こんなにお似合いのお二人ですもの。でも父君にどうご報告しようかしら）と思案しつつも、ここはともかく、ありのままに申し上げるべきだと思い、急いで屋敷に戻りました。

父君、母君は姫君が無事だったことを心から喜びました。そして、まずは姫君だけを迎え、その後で稚児と若君を迎え入れることにしました。

姫君の兄君と宰相が迎えに来ました。姫君は、これまで親身になって世話をしてくれた乳母とその娘に、心から礼を述べました。また、ほんの少しの間であっても、離れ離れになる稚児と我が子に心を残しながら、屋敷へ戻っていきました。

再会を待ちわびていた父君、母君は姫君の姿を見ると、何も言うことができず泣き出しました。姫君も両親にこれまでかけた心労を思い、やはり涙が尽きませんでした。

十二日ほど過ぎて、母君の甥の左近の侍従が立派な牛車を仕立て、稚児と若君を迎えに来ました。稚児はきりりとした若者の姿で、我が子とともに内大臣家に向かったのでした。

見送る乳母は、稚児の晴れ姿を見て、万感の思いで満たされました。

内大臣家の諸大夫三人、侍五人、雑色なども、迎えの行列に加わることを望んだのですが、控えめにするように、との父君の意向で、ひっそりとした出立となりました。「源氏物語」で匂兵部卿宮が中君を迎えた時も、このようなものだったのだろうと、乳母は自らを納得させるのでした。

内大臣家では父君、母君、兄君揃って稚児に対面しました。

この稚児の両親はすでに他界していましたが、実は藤原北家の血筋で、貴族の家系でした。身寄りをなくした稚児は、乳母の手で我が子のように愛おしみ育てられました。また、僧正もその身の上を知った上で、幼いときから大切に養育してくれたのでした。

気品に満ち、華やかな姿の稚児はすぐに気に入られ、姫君の伴侶として受け入れられ、兄君の異母弟であることにされました。

稚児は少将として宮中に仕え、深窓で穏やかに暮らす姫君との間に、若君、姫君が次々に誕生しました。その姫のうちの一人は、成長して女御となりました。その後、稚児は大将にまで昇りました。


稚児と姫君は、命の恩人である尼天狗の孝養のために、五部の大乗経を書写するとともに、お堂を建て、阿弥陀三尊を祀り、盛大に供養しました。

するとある夜、尼天狗が紫雲に乗り兜率天（とそつてん）の内院に迎えられ、将来は仏になる、という夢を見ることができました。

親代わりになって稚児を育ててくれた乳母は、宇治の住まいの近くに所領をいただき、平穏な余生を送ることになりました。

乳母の娘・侍従は、三条殿という名で、女御に仕える女房として迎えられ、幸せに暮らしたということです。

（終わり）

【再話者のメモ】

一　この物語には、平安時代の公家の世界を描いた「源氏物語」に因む箇所が見られます。稚児が内大臣家に迎えられる場面を、匂兵部卿宮が中君を迎える様子に例えているのも、その一例です。

「（匂宮）御身づからも（御迎に）いみじうおはしまさまほしけれど、（参りては）事々しくなりて、なかなか悪しかるべければ、（中君を）ただ忍びたるさまにもてなして……」

（「源氏物語　早蕨」）

二　男女がその性別を偽ってなりすますことを主軸とする物語は、平安時代末期に成立した「とりかへばや物語」がよく知られています。

三　題名の「稚児今参り」は底本に従いました。この物語は、成立した室町時代から、短く略した「ちごいま」という題名でも伝わっています。それは、この物語が人びとに愛好されたからだと思われます。

四　「稚児今参り」を長年研究され、その成果をまとめられた、次の本があります。

「室町時代の女装少年×姫　『ちごいま』物語絵巻の世界」（笠間書院　二〇一九年）

参考文献等

横山重編「説経正本集」全三巻　角川書店　一九六八年
横山重　松本隆信編「室町時代物語大成」全十五巻　角川書店　一九七三年～一九八八年
松村明編「大辞林」　三省堂　一九八八年
岩本裕著「日本佛教語辞典」　平凡社　一九八八年
中村幸彦　岡見正雄　阪倉篤義編「角川　古語大辞典」全五巻　角川書店　一九八二年～一九九九年
網野善彦　大西廣　佐竹昭広編「いまは昔　むかしは今」全五巻　福音館書店　一九八九年～一九九九年
室町時代語辞典編修委員会編「時代別国語大辞典　室町時代編」全五巻　三省堂　一九八五年～二〇〇一年
徳田和夫編「お伽草子事典」　東京堂出版　二〇〇二年
島津久基校訂「義経記」　岩波書店　一九三九年
市古貞次校訂「未刊中世小説」　古典文庫　一九四七年
市古貞次校訂「未刊中世小説　二」　古典文庫　一九四八年
武田祐吉　久松潜一　吉田精一著「日本文学史」　角川書店　一九五七年
藤井隆編著「未刊御伽草子集と研究（二）」　未刊国文資料刊行会　一九五七年

田中允校註　日本古典全書「謡曲集　下」　朝日新聞社　一九五七年
市古貞次校注　日本古典文学大系「御伽草子」　岩波書店　一九五八年
山岸徳平校注　日本古典文学大系「源氏物語　五」　岩波書店　一九六三年
永積安明　島田勇雄校注　日本古典文学大系「古今著聞集」　岩波書店　一九六六年
渡邊綱也校注　日本古典文学大系「沙石集」　岩波書店　一九六六年
貴志正造訳「神道集」　平凡社　一九六七年
虚子編「新歳時記　増訂版」　三省堂　一九七三年
西沢正二　石黒吉次郎校注　影印校注古典叢書「お伽草子一　おようの尼・玉もの前」（二版）
新典社　一九七九年
阪倉篤義　本田義憲　川端善明校注「今昔物語集　本朝世俗部　二」　新潮社　一九七九年
松本隆信校注　新潮日本古典集成「御伽草子集」　新潮社　一九八〇年
奈良絵本国際研究会議編「御伽草子の世界」　三省堂　一九八二年
藝能史研究會編「日本芸能史　第三巻　中世」　法政大学出版局　一九八三年
坂本賞三　福田豊彦監修「新選　日本史図表　改訂21版」　第一学習社　一九九四年
友久武文　西本寮子校訂・訳注　中世王朝物語全集「とりかへばや」　笠間書院　一九九八年
梶原正昭　山下宏明校注「平家物語（三）」　岩波書店　一九九九年
小林保治　増古和子　浅見和彦校訂・訳「宇治拾遺物語　十訓抄」　小学館　二〇〇七年
島内裕子編著「日本の物語文学」　放送大学教育振興会　二〇一三年
帝国書院編集部著「地図で訪ねる歴史の舞台　日本　8版」　帝国書院　二〇一六年

阿部泰郎監修　江口啓子　鹿谷祐子　末松美咲　服部友香編
「室町時代の女装少年×姫『ちごいま』物語絵巻の世界」笠間書院　二〇一九年
伊藤慎吾編「お伽草子超入門」勉誠出版　二〇二〇年

著者紹介

畠山　美恵子

1948年　鳥取市に生まれる

1967年　広島大学附属高等学校卒業

1971年　広島女子大学文学部国文科卒業

著書　『星のことづて　御伽草子の再話集』(2020年)

星のことづて　第二集

御伽草子の再話集

発　行　令和三年六月一日

著　者　畠山　美恵子

発行所　㈱　溪　水　社

〒七三〇-〇〇四一

広島市中区小町一－四

電話　〇八二-二四六-七九〇九

ISBN978-4-86327-560-7　C0093